草木有趣

跟着二十四节气过日子

殷若衿——著

中信出版集团·北京

图书在版编目（CIP）数据

草木有趣：跟着二十四节气过日子 / 殷若衿著 . --
北京：中信出版社，2019.1（2025.6 重印）
ISBN 978-7-5086-9132-9

Ⅰ . ①草… Ⅱ . ①殷… Ⅲ . ①散文集—中国—当代
Ⅳ . ① I267

中国版本图书馆 CIP 数据核字（2018）第 139997 号

草木有趣：跟着二十四节气过日子

著　　者：殷若衿
出版发行：中信出版集团股份有限公司
（北京市朝阳区东三环北路 27 号嘉铭中心　邮编　100020）
承 印 者：河北鹏润印刷有限公司

开　　本：880mm×1230mm　1/32　　印　　张：8　　字　　数：190 千字
版　　次：2019 年 1 月第 1 版　　印　　次：2025 年 6 月第 37 次印刷
书　　号：ISBN 978-7-5086-9132-9
定　　价：58.00 元

自序

我生长在一个四季分明的山城，那里春有百花，夏有凉风，秋有漫山遍野五彩缤纷的秋叶，冬有雪。“春雨惊春清谷天，夏满芒夏暑相连。秋处露秋寒霜降，冬雪雪冬小大寒。”儿时，我便把这首《廿四节气歌》背得滚瓜烂熟。从小喜欢观察四季的变迁，渐渐发现二十四节气的奇妙——立春日，再严寒的天气里，阳光也有了一丝暖意，冰雪像听到了口令，一齐开始消融；立秋日，本是酷暑，晚上却忽然有了凉风；秋分日，城外山栾上的树叶五彩斑斓最为鲜艳；小寒日，便是我出生时的节气，一年最严寒的时节，千里冰雪，大地封藏，却又隐含生机与希望。

姥姥和母亲会跟随二十四节气调整一家人的饮食起居。大暑节气端上一碗绿豆汤，立秋时节傍晚添一件寒衣，换上一床加厚的被褥，端午节用艾草煮水沐浴……这些看似平常的细节，正说明依照二十四节气调整作息起居，已在中国人的血脉里根深蒂固。

2012 年我从 4A 广告公司辞职后，去世界各地旅行，喜欢上了北欧与日本的杂货，并凭借一腔热情经营起一家 Zakka 风格的杂货铺。直到有一天，我忽然觉得国外的东西再美好，也无法直抵我的内心。彼时我无法道清究竟是中国文化与哲学的哪一部分最触动我的心灵，只是冥冥中似有一股强大的引力，吸引着我，从传统文化中汲取能量。学易经、学佛、学香道、学古琴、学画、学中医……那时对物质没有什么特别要求，开店的盈收花在学费上倒是一点不心疼。自己也并没有从实用主义角度上去想过学习这些要做什么，只是觉得有趣而已。如今看来这些投入过的精力和时间都太值得，所发生的最大改变，便是更加接近自己的内心诉求。

后来，我开始做二十四节气饮食，接触了许多山野乡间的人们。我发现他们谈及耕种收获的时间，用的不是月份，不是季节，而是节气。几千年来，人们总结出的农作物的成长成熟的时间节点，往往与节气是相合的。不由感慨节气文化，依然很好地秉承在山野乡间。

中国人从一而终地信奉自然，在自然面前人们虔敬、本分，相信土地、天空、四时，相信宇宙万物生息繁衍、生死枯荣、悲欢离合都是顺应平衡之道。“天人合一”的大和之境是中国人的精神追求，这个境界令我着迷。而人们追求此境界的一个落脚点，便是依据四季轮回和时令气候、物候变化所建立的二十四节气体系。从农耕活动到民俗、饮食、养生、诗词、文人雅事，节气与人、天象、花草果蔬、万物，每一个相连的节点，都令人回味无穷。

在杭州临安，当地政府规定，白露日当天才可以开竿上山打核桃。在这之前的几天，只可以捡滚落在地上的，不许用竹竿打树上的，以此来确保核桃真正成熟。在陕西富平，那里的农人坚持到霜降节气才开始做柿饼。霜降以后的柿饼才甘美，才会挂霜多。这些在田间的寻访与沟通，给了我一个很好的观察和学习契机，去了解果蔬在四季中的成长规律。

竺可桢在《唐宋大诗人诗中的物候》一文中说："月、露、风、云、花、鸟乃是大自然的一种语言，从这种语言可以了解到大自然的本质，即自然规律……物候就是谈一年中月、露、风、云、花、鸟推移变迁的过程。"

而我这本小书的观察点，最终放在了我平日最喜爱的花草和它们带来的生活中的小而有趣的事上，这是我观察四季流转最好的角度。儿时老房子背后的山上的植被，上海的家的楼下花园里的花草树木，书房、案头的瓶子中的插花，餐桌上的蔬菜、茶点，盘中的水果，无一不随着季节的更迭而变化。游苏州的可园，看到入口的门楣上刻着"四时风雅"四个字。当年的园林设计师有心把水榭造在湖边荷花的下风处，夏日的风吹来，水榭上的赏荷人便浸身于一片荷香中，颇得四时的精妙意趣。在我看来，风雅便是抛弃世俗名利之心，以平和细腻之心去感知自然、感知天地——赏时令风景，吃时令食物，饮时令茶，折时令花草入室，感受季节流转之美。

小时候最喜欢看植物图谱，最初的启蒙读物是《本草纲目》和从老人家手里偶然得到的一本《赤脚医生手册》。看到里面中草药的名字、图谱，会格外痴迷，去想象它们长在山林中的样子。长大后又陆续收集了日本细井徇的《诗经名物图解》、毛利梅园的《梅园百花画谱》，更加爱不释手。在习画过程中，我也最喜欢描画自然界中植物的线条，因此虽然已经丢下画笔多年，只在近年拣回一星半点儿工笔和书法基础，我依然选择勇敢地拿起画笔，亲自为这本讲述节气的册子配上插图，以解心头之痒，以传递对待这些花草的诚意。

当然，这本书的内容，只是一个平常人在成长、生活中的个人观察与体验，如若令你从中领略到些许四时草木之美，并愿意去发掘隐藏在背后关于“天人合一”的更丰富、更有趣的思考，便不枉我近一年时光的笔耕不辍。

立春

梅花

菜薹

立春，是新一年的开始。《群芳谱》中说：『立，始建也。春气始而建立也。』

立春三候：一候东风解冻。说的是东风送暖，大地开始解冻；二候蛰虫始振。立春五日后，蛰居的虫类慢慢在洞中苏醒；三候鱼陟负冰。再过五日，河里的冰开始融化，鱼开始到水面上游动，此时水面上还有没完全溶解的碎冰片，如同被鱼负着一般浮在水面。

立春日，阳气初生，春江水暖，百草回芽，万物生发，大地一片勃勃生机。塞北东风解冻，江南菜薹掐上桌，插枝梅花便过年。

梅花

今年第一次赏梅，是立春时节在苏州的艺圃。

初踏进园门，便已闻到暗香浮动。随着若隐若现的香气转几道弯，来到湖边，眼见东岸上一株粉色的梅花开得正好，盈盈粉面，临湖照水，引得三两游人在花前流连。我凑不上前，只好转道攀过石山，穿过小园，绕到湖对岸的长廊边。那里有一株白梅花生得更僻静，傍着屋檐，于湖边背阴处，自顾自悄悄地开着，远远看去似一团小粉蝶。这里人少，我可以和这株白梅相对无言，无论多少时光。

梅花，蔷薇科李属，品种有粉里透红的宫粉、白中微碧的玉蝶，另有朱砂、红梅、绿萼、江梅、照水梅、龙游梅、洒金等。浙江天台山国清寺中有一株隋代的古梅。相传佛教天台寺创始人智者大师的弟子灌顶法师当年种下的这株梅现在还活着，已有 1300 岁。我曾经在秋季于国清寺挂单小住五日，可惜季节不对，没能看到古梅绽放的仙姿。“料无清福对梅花”说的就是我。

身为“梅、兰、竹、菊”四君子之一，也名列“松、竹、梅”岁寒三友，梅花已然渗透到中国文化的方方面面。学画的时候免不了对着《芥子园画谱》不厌其烦地勾勒不同形态的梅花；学琴时，《梅花三弄》是必练曲目；学易经时，对《梅花易数》花功夫最多。然而这所有经历，都不如每年立春日站在一棵梅花树下，嗅得梅花香来得直观。

古人赏梅比我们讲究得多，重在一个“探”字。这让我想起儿时很喜欢唱的刘雪庵作词的一首歌《踏雪寻梅》：“雪霁天晴朗，蜡梅处处香，骑驴把桥过，铃儿响叮当。响叮当，响叮当，响叮当，响叮当。好花采得瓶供养，伴我书声琴韵，共度好时光。”真是俏皮又雅致的生活。同样是雪天里山野间的叮当铃声，在西方，就是圣诞歌曲《铃儿响叮当》的明晃晃的欢快了。这便是中西方美学的不同吧，中国的文化多了一分意境，一分安静，一分小欢喜，一分让你去“探”的理由。这首歌邓丽君、金铭都曾唱过，在我童年那个年代，这样简短的几句歌词，竟然也给了我对中国传统美学最早的启蒙。

梅与雪是一对好朋友。宋代的卢梅坡有名句：“有梅无雪不精神，有雪无诗俗了人。日暮诗成天又雪，与梅并作十分春。”这可得老天赐脸儿，才有幸得见。要在开春梅花感知暖意盛放后，赐一场恰如其分的雪——不能太厚重也不能太轻薄，厚重会压落花瓣，轻薄则留不住，唯有不厚不薄，如晶莹的粉霜一样轻轻压在梅花上才好。回想起来，这么多年，我也只是在嘉兴圆通寺见过一回。难得江南落雪，与友人驱车前往拜访住持师父。庭院里，梅花上压着薄薄的晶莹剔透的雪，雪下幽幽传来一股梅香。那雪真是衬托了梅的冷傲气质，格外动人。

除了微雪，古人对赏梅的情境另有总结。宋代的张功甫一部《梅品》，洋洋洒洒写下赏梅的“二十六宜”：淡云，晓日，薄寒，细雨，轻烟，佳月，夕阳，微雪，晚霞，珍禽，孤鹤，清溪，小桥，竹边，松下，明窗，疏篱，苍崖，绿苔，铜瓶，纸帐，林间吹笛，膝下横琴，石枰下棋，扫雪煎茶，美人淡妆簪戴……细想想，每一个都可以构成一幅画卷了。

也有古人总结，赏梅，要着眼于色、香、形、韵、时。梅之色有红、粉、黄、白、绿、淡墨；梅之香则重神韵，清逸幽雅。王安石写下脍炙人口的名句："遥知不是雪，为有暗香来。"辛弃疾有诗云："着意寻香不肯香，香在无寻处。"用文字来讲透彻梅的香气，着实困难，如果硬要比拟，那也许是雪天若隐若现、若浮若潜的一股冷香，使人心脾俱清。梅之形，按古人说法，有俯、仰、侧、卧、依、盼等，姿势分直立、屈曲、歪斜，重在或曲如游龙，或披靡而下的力度和律感，这在画水墨梅花的时候可以琢磨一二。

关于梅之韵，范成大在《梅谱》中提到过"梅韵四贵"："贵稀不贵密，贵老不贵嫩，贵瘦不贵肥，贵含不贵开。"所以古代画家笔下的梅与花艺中展现的瓶中梅，更多的是"横、斜、疏、瘦"的姿态。虽然这个论点后来被龚自珍在《病梅馆记》中驳斥，我却觉得范成大也是有几分道理的。蔷薇科的花卉，开得繁盛的多不胜数，真的不需要梅来增添欢喜烂漫之姿，横、斜、疏、瘦，无疑更能呈现梅花傲雪凌寒的清高秉性。对此明人文震亨的《长物志》点评精妙："幽人花伴，梅实专房，取苔护藓封。枝稍古者，移植石岩或庭际，最古。另种数亩，花时坐卧其中，令神骨俱清。绿萼更胜，红梅差俗，更有虬枝屈曲，置盆盎中者，极奇。"

探梅赏梅的时机，古人认为花是将开未开好。太早，花还未开，迟了，已落英缤纷。

古来爱梅成痴者，有北宋的林和靖。林和靖隐居西湖孤山，终生不仕不娶，只喜欢种梅、养鹤，在孤山上种下了百树梅花，自称"以梅为妻，以鹤为子"。写梅诗，酿梅酒，喝梅花茶，就这样与梅花长伴一生，留下诗句："众芳摇落独暄妍，占尽风情向小园。疏影横斜水清浅，暗香浮动月黄昏。"人与

梅花

草木之间痴情至此也是令人慨叹。只是有时想起年少时读过的林和靖的那首词："吴山青，越山青，两岸青山相送迎。争忍有离情。君泪盈，妾泪盈，罗带同心结未成。江头潮已平。"若不是经过人间离恨，何以写下如此缱绻的词句？写词人怎么会将对人的感情转移到无情草木上，也许只有词人自己知道吧。

如今遗留下来的赏梅胜地，林和靖当年除了隐居杭州的孤山，还在浙江的超山、苏州的邓尉、无锡的梅园、南京的梅花山等处隐居。民国时期的贺天健，有一番评论甚为隽妙："排列如豆瓜，无锡梅园之梅也；枯秃如老桑，苏州邓尉之梅也；欹瘦如剥皮松，江宁龙蟠之梅也；攒处交错如荆榛，杭州孤山之梅也；放旷高骞如散人，江西大庾之梅也。"从中我们大概可以揣摩到民国年间每个赏梅胜地的不同韵味来，不知如今是否还延续那时的风情。南京的朋友每年邀请我去梅花山赏梅，可惜已经隔年了，依然未能成行。

梅花可作为岁朝清供来增添室内时令之趣。《红楼梦》里大观园中众人于芦雪庵联句作诗，宝玉输了，李纨罚他去栊翠庵折梅插瓶。宝玉折一枝红梅回来，插入美人耸肩瓶中就开始赏了："原来这枝梅花，只有二尺来高，旁有一枝纵横而出，约有五六尺长。其间小枝分歧，或如蟠螭，或如僵蚓，或孤削如笔，或密聚如林。花吐胭脂，香欺兰蕙。"当然案头的梅花花器也不尽是瓶，也可以是浅身阔口的水盆器皿，以剑山来固定造型。我个人喜欢斜斜地疏懒地单独插一枝瓶梅。

梅花入画，古来喜画梅的梅痴不胜枚举。元代有个爱梅、咏梅、画梅成癖的王冕，在九里山种了一千株梅花，他的《墨梅》诗画并称一绝。"吾家洗砚池边树，朵朵花开淡墨痕。不要人夸好颜色，只留清气满乾坤。"我则更喜欢清代自号"梅花古衲"的弘仁笔下的一株梅。弘仁那幅梅图，只有一老一瘦两枝，枝上只挂着将开未开的两三朵，没有题跋，没有落款，只有一枚小印，令我初见惊艳——第一次领悟了古人说的最精简的梅之“横、瘦、疏、斜”的意趣。

咏梅的佳句，除了前文所引以外，最喜查辛香那句“何时杖尔看南雪，我与梅花两白头”。另有陆凯折梅赠友人报春传情的“江南无所有，聊寄一枝春”。还有郑板桥的“寒家岁末无多事，插枝梅花便过年”。

梅花入茶，如今最常用的是绿萼梅。绿萼梅可舒肝和胃、化痰理气、清热生津。早春采撷绿萼梅，阴干或烘焙成花茶，取两三颗冲饮，未入口便已觉梅香四溢。或许是梅花天生的傲雪性情，有一次我写字写得太投入，忘记了杯中的热茶，想起喝时，已经凉透，却意外发现清冷的茶汤格外凸显梅花的幽然香气。

梅花入馔，《本草纲目》中记录有梅花粥，可以为我们今人借鉴。

[梅花粥]

将飘落的梅花瓣放入米粥中煮来吃，能助雅致，清深思。

菜薹

立春时节，大地回暖，万物复苏，江南的梅花开了，一棵棵鲜嫩翠绿的青菜也被掐上了餐桌。赏梅、吃青菜，便成了我记录在行事历上重要的事。于是，便有了我这辈子跑得最远的一次“买菜”行为。

刚入立春便感受到了阳光中春天的味道。早上从上海打了车到火车站，坐上动车到苏州，下了火车再打上车直接赶到金庭的明月湾。在路边，就会看见当地的菜农，把自家的土鸡蛋和新收的菜薹一起摆在地上卖。一棵棵翠绿的菜薹，嫩得掐得出水，在阳光下闪着光。三元一把，七挑八拣，抱上一大袋子，和农人道别。打车回城到艺圃喝了杯茶，再坐火车回沪。

这基本上是菜薹从泥土到我的餐桌最快的方式了。事不宜迟，回家便开始洗净，掐掉开花的头部，只留最肥嫩的菜梗和叶片，菜籽油入热锅，倒入菜尖快速翻炒，炒到翠绿变成深绿，加入盐，再翻炒几下，起锅，上桌！

咬一口——啊，果真是平日在上海菜场买的青菜中吃不到的甜，难得的

菜薹

糯，吃不到一点筋和皮，鲜嫩的春天的味道，慢慢渲染开，舌尖满是愉悦的滋味。

之所以晓得明月湾的菜薹好吃，是因为去年春节去游玩儿，在农家菜的小饭馆儿记下这口了，甜糯的滋味足够惦记上一年。后来翻阅苏州的美食书籍，才原原本本知道了这个时节苏州金庭地区菜薹的奥妙。菜薹，苏州方言里叫菜尖。作为一个北方人，我对南方丰富的十字花科的蔬菜向来有些迷糊，除了平日吃过的上海青、苏州青，之前真不知道还有“菜薹”这种特定时节的美味。冬天里，苏州青菜中名为“矮脚青”的品种为了储备能量，便停止生长，到了立春气温升高，雨量充沛后，菜心就会猛窜出新枝，打起花苞，这便是江南人所称的“菜尖”了。这个时候的青菜最肥最甜美。苏州人讲，菜尖上市后记得要天天买天天吃，因为只有十来天工夫，菜尖的茎就变厚变老了，等菜花绽放，苏州人就不再把它当作时蔬了。

苏州的文人有种癖好，专门爱吃梅树下长大的菜薹。苏州的金庭、光福等地，果农每年为了结更多梅子，会在梅花树下养鸡养羊。这些动物的粪便便成了最好的天然有机肥料，不但滋养了梅树，也使得树下碧绿的菜薹茁壮疯长。刚好抽出菜薹时，梅花也开了，就这样短短十来天工夫，菜薹每天被梅花香熏染，也染上了梅的淡淡清香，再加上梅花本身的清韵，便有了苏州文人对梅树下的菜薹的青睐。

［清炒菜薹］

菜薹挑洗干净，去掉开花的头部，用刀纵向划开，切段，放入加热升温后的菜籽油中翻炒至墨绿，加少许水，盖上锅盖焖 2–3 分钟，加入盐翻炒起锅即可。

兰花

雨水

荠菜

好雨知时节，当春乃发生。雨水时节，细雨斜斜，春风脉脉，春兰吐蕊，绿柳如烟，万物萌动。

雨水，《月令七十二候集解》载：『正月中，天一生水。春始属木，然生木者必水也，故立春后继之雨水。且东风既解冻，则散而为雨矣。』

雨水三候：一候獭祭鱼。此时节，水獭开始捕鱼了，将捕起的鱼摆在岸边如同先祭后食；二候鸿雁来。雨水过后五天，大雁开始从南方飞回北方；三候草木萌动。再过五天，在『润物细无声』的春雨中，草木随地中阳气的升腾而开始抽出嫩芽，大地一片草长莺飞的春色。

这时节的春雨最是珍贵，如天赐如恩诏，以此乍暖还寒时候的雨水烹茶，称为天泉，最为甘洌。

兰花

去年春天到苏州，因缘际会，来到平江路附近的一座旧宅，名曰碧梧小筑。主人徐云鹤先生是爱兰之人，阳光透过窗棂照进旧宅子的厅堂间，处处可见兰花与兰画，格外清幽雅致。

后来我读郑逸梅的《花果小品》，当中记载，民国年间苏州的留园每年会有爱兰者聚在一起举办兰蕙会。我当时便问起徐云鹤先生现在可还有兰花展，他答留园已经没有了，沧浪亭倒是每年会举办四次兰花展，大概连续举办了二十多年了。这频率竟然比民国那时还要高，如此雅事能够得到延续，真是令人欣慰。

第二年春，又到苏州，和徐云鹤先生约茶闲谈。约的是下午，上午的空档，自己去沧浪亭闲逛。

苏州人是爱兰的。印象中，从艺圃到沧浪亭到可园，厅堂里，书房中，处处可见兰花吐蕊。或者置于角落的花几上，或者置于厅堂正中的八仙桌上；

或为主体，或为陪衬，散发出幽淡的清香。

登上沧浪亭看山楼，回头看到亭子的墙上镶嵌了一幅兰画，走近了仔细端详，心里纳罕，怎么这么像徐云鹤先生的手笔。下午如约去拜访徐云鹤先生，无意中提起，才知正是出自先生之手。原来，这个位置从前本是有一幅字画的，有一日遭了贼，画被人偷走了，从此一度就空在那里。三年前，徐老师在沧浪亭办了一次画展，便应这里的主人邀请，画下了这幅兰花，弥补了这片空白。

在徐云鹤先生的碧梧小筑坐下来，徐先生亲自泡起一壶大红袍，说起兰花，他便用吴侬软语特有的温和语气娓娓道来。

徐老师说，养兰的人辛苦一年，只为那十五的绽放。若不是把兰花当作真知己，恐怕无人愿意忍受这样的艰辛。幸而那兰花的叶子也是值得欣赏的。每一年新长出的叶子形态也各异——前年的叶子向下垂落，今年的叶子笔直地向上长出十厘米，去年的叶子最好，长度适宜，若垂若立。

“芝兰生于幽谷，不以无人而不芳。”兰花的品德，在于这种隐匿于山谷间，即使无人问津，仍独自芬芳，保持自我高洁的品性。古人常以兰花自比，来表达自己的品性。现存最古老的古琴谱《碣石调·幽兰》，便是歌颂兰花的。兰花花期短，易凋落，文人雅士借以抒发壮志难酬的情怀。

兰花生长于深山，移入庭院、厅堂，还是很娇嫩的花种。种植时，通风、阳光、水、肥料都不可少。通风良好，兰花的花瓣便会呈现嫩绿色；日照充足，兰花的花瓣便呈现嫩白且微微透明。兰花不大好一大丛一大丛盛放，所以开到怒放的时候需要剪掉一些花朵。开花需要营养，今年的花开过，营养透支了，明年就会打一点折扣，不开花或者开得少一些，这也被称为兰花的“大年”“小年”。养兰还有一个术语，叫“下花”。下花季节，把开得正好的春兰花剪下来，摆在一个白色的瓷盘里，让兰花一朵一朵躺着，这样，也可以欣赏一个星期。

兰花一年四季都有。春有春兰，夏有蕙兰，秋有秋兰，冬有寒兰。寒兰颜色偏紫色多一点，建兰则在夏秋开。细分下来，兰花品种是相当繁复的。

苏州的山水间原是有很多野生兰花的，不过到了明代就基本很难见到了。如果现在在山中发现半个桌子那么大的兰花群落，那便是有上百年的历史了。兰花靠风授粉。兰花籽叫兰荪，兰荪比菜籽和黑芝麻还小，像一把伞，更像破的灯笼，啪的一下打开，兰花籽就会随机地掉在地上。它必须由真菌供给营养才能萌发，如果种子刚巧落在一片青苔上，青苔上水分又比较足，才有可能发芽。自然界的野生兰花是没有分株的，两年三年才有一个芽生长起来，不过生长起来一般就会存活下来。

还有一种很稀奇的兰花，叫松兰，是一般的兰花籽随着鸟的粪便排泄在松树上的结果。它的叶子很小，像碧螺春泡开的茶叶那么大，天然带有一股奶香。

从前的苏州人，在三月初三上巳节，会用兰花在溪水中漂两下，竖在头顶上一洒，把冰冷的溪水珠洒在自己的脸上手上身上，打个冷战，以涤去去年的不祥，让自己的头脑更清醒。“清高花上露，谁复是知音。”徐云鹤先生作此咏兰之句，爱兰之人互为知音，万物有灵，人与兰也是难得的知己吧。

我曾从湖北随州种兰的人家买了一盆蕙兰。“因为是下山兰花，过大的盆不易驯化，难除野性，容易旺长，所以建议用略小的盆，便于兰花早日服盆。”卖兰花的山里人特意叮嘱我说。顿时感觉面前的兰花颇有几分野性。想起胡适之写下的那首《兰花草》：“我从山中来，带着兰花草。种在小园中，希望花开早。一日看三回，看到花时过。兰花却依然，苞也无一个。”仔细想，我们人类真像觊觎山间那清丽脱俗的佳人，抢进大院里金屋藏娇，赠她

蘭

金钗玉佩，给她锦衣玉食，小心翼翼赔着笑脸伺候着，只期待博得美人一笑的土乡绅呢。

不过我的这一盆倒是当年就开了，一朵一朵攒成串，特别繁盛，满室的兰花香叫人喜不自胜，到了第二年却一朵花苞也未结。去问兰花专家，才知原来第一年栽培的下山兰，一般都能开出较多的花来。但在环境变更、植株受损、生命力和抵抗力减弱的情况下开花，对于母株无疑是很大的亏损，也将会影响其成活和生长，因此必须在第一年严格控制开花。如果花芽较多，则只保留一到两个，其余摘去才好。养花真是有着恩里藏害，害里藏恩的哲学呢。

文震亨在《长物志》中评兰：“兰，出自闽中者为上，叶如剑芒，花高于叶……次则赣州者亦佳，此俱山斋所不可少，然每处仅可置一盆，多则类虎丘花市。”兰花是典型东方审美的花卉，大概在西方人眼中，开得这样寡淡，是没什么可看的。然而在东方，她的枝蔓纤细绵长，花朵不艳不浓，最得东方美学的意境。

它也很适合用东方的笔墨去描摹。古来擅画兰者，有赵孟坚、郑思肖、徐渭、白丁、郑板桥等，我则爱临摹民国白蕉的《兰花图》。白蕉本以书法技艺最高，偶尔才画兰草。他笔下的兰草着墨不多，只有三两枝，清冲淡远。大概是因为精于书道，所以他笔下的兰才会“叶叶出草法”。他形容画兰是“花易叶难，笔易墨难，形易韵难，势易时难”，临摹过后深有体会。

荠菜

雨水季节，江南的荠菜纷纷破土而出。

荠菜，在北方的方言中，叫“芨芨菜”。在东北方言里，芨芨的发音，也形容小孩儿闹脾气，所以我小时候经常觉得这棵小小的野菜有着一股犟脾气。

野生的荠菜，样貌上和种植的荠菜不同。北方野生的植株比较小，叶子是一排细细的小锯齿，看上去瘦巴巴地趴在野外的土地上，伸展着爪子般的小叶片执拗地破土而出，特别不起眼。小时候，我家背后就有一座山坡，母亲时常派给我一个小篮子和一把小锄头，我便可以到山上的小路旁挖荠菜。每远看到一棵荠菜张开小手对我打招呼，就会感到特别亲切。挖荠菜要特别仔细，尤其不能把根弄断，根可是最甘甜的部位。如今看到荠菜，还是会像回忆起儿时的小伙伴一样，因为隔着漫长的岁月，恍然若梦。

就是这么不起眼的路边野菜，却是北方餐桌上让人心心念念的一道珍馐。

薺菜

荠菜可以和大酱一起榨成荠菜酱，可以包饺子，还可以和土豆一起炖汤。无论怎样做，都无法掩盖北方的荠菜特别的菜根香，有咬劲儿，也有一股特别的甘甜。

后来在江南见到的种植荠菜，植株大许多，叶片油绿许多，好看是好看，吃起来却远没有小时候在北方吃的野生荠菜那么甘甜那么有咬劲儿。每每嚼起南方的荠菜馄饨，都会更加想念小时候吃的荠菜饺子。

江南长大的女友告诉我，小时候南方的野荠菜也格外鲜香。从前摘满一篮包馄饨，是江南人春天必然要做的事。江南水乡的农村，正月十五会吃"烊粉粥"，里面就有荠菜和豆腐。

辛弃疾诗云："春在溪头荠菜花。"江南早春二月，荠菜成为春天的使者从泥土中萌出。"三月三，荠菜当灵丹。"到了三月，荠菜便已经肥嫩到可以媲美灵丹妙药了。苏东坡对荠菜情有独钟，"时绕麦田求野荠""虽不甘于五味，而有味外之美"。他还饶有兴味地发明了一种荠菜和米一起熬煮的粥，自称"东坡羹"。比苏东坡有过之而无不及的是陆放翁，对荠菜的沉迷，已经到了"春来荠美忽忘归"的程度。吃到欢欣处，还在《食荠十韵》中留下"惟荠天所赐，青青被陵冈，珍美屏盐酪，耿介凌雪霜……吾馋实易足，扪腹喜欲狂，一扫万钱食，终老稽山旁"的辞章。而对于烹饪方法陆放翁还认真地写道："小著盐醯和滋味，微加姜桂助精神。"

想来那个年代江南的荠菜，没有人工种植的，自然有野菜特有的香气。难怪这些文人诗家纷纷倾倒于这不起眼的路边野菜。

惊蛰

杏花 春笋 杨柳

惊蛰，春雷乍动，气温回暖，阳气渐升。蛰伏在泥土里冬眠的动物和草木虫蚁感于春季温暖，被春雷惊醒而出。《月令七十二候集解》中说：『二月节，万物出乎震，震为雷，故曰惊蛰。是蛰虫惊而出走矣。』陶渊明有诗曰：『促春遘时雨，始雷发东隅，众蛰各潜骇，草木纵横舒。』

惊蛰三候：一候桃始华。惊蛰头五天，桃花的花芽在严冬时蛰伏，于惊蛰之际开始开花，阳和发生，自此渐盛；二候仓庚鸣。惊蛰后五日，仓庚嘤其鸣，求其友。仓庚即黄鹂，黄鹂鸣叫，动物开始求偶；三候鹰化为鸠。再五日，鹰化为鸠，至秋则鸠复化为鹰。鹰每年二三月飞返更北的地方繁殖，已经不见迹影，而斑鸠飞来繁殖。

惊蛰时分，桃花红，杏花粉，李花白，菜花黄，海棠酡颜。山中春笋破土，人间有味是清欢。小园几许，收尽春光，正一片莺儿啼，燕儿舞，蝶儿忙。

杏花

早春二月，春雨染过江南的山野，杏花便如烟霞般次第开了。

杏花开在暖春，是中国十二花神中的二月花。不同于梅的“横斜疏瘦”，杏花会热热闹闹、盈盈满满地开遍枝头。杏花最特别之处，在于花苞呈点点绛红，再绽放开来，渐渐变成团簇枝头的粉白，直到快要凋谢时，则成为满树雪白。赏杏花应在将开未开之际，那时的杏花红粉相映，白里透红。那模样，是唐代吴融的“粉薄红轻掩敛羞”，是杨万里的“才怜欲白仍红处，正是微开半吐时”。

一次国画考试，我领到了一个题目“润物细无声”，我不假思索地提起笔，在雨打芭蕉旁的太湖石后，画了一大片粉若烟霞的杏花。记忆中的杏花，总是与江南沾衣欲湿的春雨一起，点染开江南的早春如诗的画卷。南宋志南的诗句“沾衣欲湿杏花雨，吹面不寒杨柳风”写尽杏花中春雨的点点轻柔；陆游的“小楼一夜听春雨，深巷明朝卖杏花”是一夜春雨后深巷中的清幽；杜牧的“借问酒家何处有，牧童遥指杏花村”是深深浅浅的杏花中的村

杏花

落，多少行人买醉浇愁的远眺;《声律启蒙》中的“两岸晓烟杨柳绿，一园春雨杏花红”则是收尽杏花春雨的小园即景。

杏花，又是宜雨宜晴的。早晨的薄雾与轻烟中的杏花，傍着炊烟与薄雾浸染开来，宛若云霞。明代陈子龙的“杨柳迷离晓雾中，杏花雾落五更钟”写尽薄雾中的杏花的缱绻；北宋寇准的“晓带轻烟间杏花，晚凝深翠拂平沙”描绘了杏花与轻烟一同推开晨曦的薄纱；南宋陈与义的“杏花疏影里，吹笛到天明”更得意境；南宋韩元吉的“杏花无处避春愁，也傍野烟发”则多了一份愁思寸断。

杏花若是在微风中吹落成雪，又是一番纷纷落落的美态。那是王安石的“纵被春风吹作雪，绝胜南陌碾成尘”，也是范成大的“东厢月，一天风露，杏花如雪”，更是北宋寇准的“孤村芳草远，斜日杏花飞”，以及唐代韩偓的“恻恻轻寒剪剪风，杏花飘雪小桃红”。

仅仅是在诗句中领略江南早春的杏花，就已让人沉醉。杏花，已与江南早春的风雨云烟一起，深深印在历代文人雅士和有着江南情结的人心里。

春笋

清明节前后，很盼着先生带着全家回宁波老家，那样就可以吃到春天新鲜的春笋了。这时宁波可以吃到细长的雷笋和肥硕的毛笋，我个人更偏爱毛笋一些。切成大块儿放少许酱油、油和糖焖一下，咬一口下去，清甜如梨，淡香如兰，让人浑身熨帖。第一次将宁波春笋送入口的瞬间，尝到这样的滋味，我恍然大悟，原来对的时节、对的地域的出产，与平日吃到的是那么的不同。真是不知道多少人因为没有吃到正宗的那一口，而误解了食材本身的滋味。

笋，是竹子根上长出的嫩芽。春天一茬儿，冬天一茬儿，于是就有了我们饭桌上的“春笋”和“冬笋”。冬笋因为产在蔬果稀疏的季节，因此比春笋贵气，价格足足差上二十倍。春笋，则贵在应春风而发，有着一股最喜人的新鲜气儿，令人兴味盎然。这不，苏东坡当年早早地把一碟碟时新的蓼茸蒿笋摆整齐，留下词句：“雪沫乳花浮午盏，蓼茸蒿笋试春盘。人间有味是清欢。”苏东坡是极爱竹笋的。他在杭州做官的时候，曾路过一片绵密青翠的竹林，写下："可使食无肉，不可居无竹，无肉使人瘦，无竹使人俗，人瘦尚可肥，士俗不可医。"当地县令用一盘"笋焖肉"来款待他，东坡吃过，对竹子的好印象瞬间从视觉扩张到了味蕾上，留下了后两句诗："若使不瘦又不俗，还是天天笋焖肉。"在写下这段轶事的前几分钟，我刚刚在西湖柳浪闻莺边吃了一碗"片儿川"。热腾腾地端上来，用筷子夹起一片笋片，脆嫩入味，甜中有咸，有说不出的温暖和属于泥土的抚慰。为什么笋会那么好吃呢？我想笋除了本身具有清甜如梨的鲜美以外，还质地单纯，很容易吸收其他食物的美味，与肥腻的肉类形成美妙的平衡，和其他食材也很百搭。于是我和苏东坡此时成了知己。

来江南，头几年我只认得笋在盘子里的模样。直到后来几年跑竹乡，去安吉，一头钻进翠绿的竹林，才瞧见竹子边偶然露出的笋尖尖儿。在上海，友人在工作室的庭院里也种了两丛竹子，有日帮他拾掇院子里的枯叶，惊喜地发现竹子边的白石子间，也有几个小小的竹笋尖儿探头探脑。真的是容易滋长又随遇而安的小东西呀，居然就这样在这方小庭院里安安心心地落了脚跟。这样一看就看呆了，引得朋友在一旁嘀咕："干五秒钟活儿，偷十分钟懒。"

不过，据说乡下采笋的人采笋，可不是采已经冒出地面的笋尖儿，这需要几分慧眼。竹笋大都埋在地里，挖笋人就有这个本事，只要看竹梢的颜色，就能了然在哪里下锄头可以挖到竹笋。挖笋是个体力活儿，还需要跟时间赛跑，要在最短的时间把笋送上食客的餐桌，晚一天，笋便少了一分鲜美。

那么吃笋的最高境界，自然是守在竹林子边，架起烹锅，就地把春笋挖出来，剥了皮，入锅煮来吃。为了这口吃的，也过于大费周章了些吧。嗯，这也许便是古人与今人的不同。古人为了追求一口甘美，一种极致，翻翻古籍，守在竹林边尝鲜的吃客大有人在。宋人林洪说："夏初竹笋盛时，扫叶就竹边煨熟，其味甚鲜，名傍林鲜。”明人高濂在《四时幽尝录》中也写道：“每于春中笋抽正肥，就彼竹下，扫叶煨笋至熟，刀戳剥食。竹林清味，鲜美无比。人世俗物，岂容此真味。”就在竹子底下，用芳香的竹叶作燃料，当场烤着吃，从滋味到烹饪方法都极为返璞归真了。

腌笃鲜是我最喜爱的一道江南菜之一。每年春笋上市的时节，便馋这一口。腌笃鲜，顾名思义，就是用春笋和鲜、咸五花肉片一起煮的汤。“腌”，是指腌制过的咸肉；“鲜”，就是鲜美的竹笋和新鲜肉类；“笃”，就是用小火焖的意思。那笃出的汤汁又白又浓，口感鲜咸，肉质酥肥，合着春笋的清香脆嫩，真是鲜得眉毛要掉下来了。

宁波老家的人还会把竹笋用盐水煮熟，再用炭火烘焙一下，这就成了上海与浙江的传统烹饪原料——扁尖。大抵旧年是为了保持笋的鲜嫩，使其更容易贮存。炖老鸭汤时切下几片，汤里立刻溶进了咸笋的鲜甜咸香。好的扁尖肉厚质嫩、闻有清香，没有粗老纤维，表面泛有白色盐霜而且不粘手。据说最好的出产是在浙江天目山区。

广西地区的人喜欢腌酸笋吃，在上海随处可见的桂林米粉和柳州的螺蛳粉里常常见到酸笋象牙般素白的身影，酸口弹牙。春秋两季，当竹笋长出约30厘米高时，将其连根砍下，剥去壳，切成片，贮藏进缸中，浇进“不见天”井水（清晨不见太阳光的井水），腌制10天左右，竹笋便发酵出特有的鲜酸味，炒菜加入一些，开胃可口。

然而不论扁尖还是酸笋，论其鲜美程度，怎能与新挖出的春笋的滋味相比拟呢。论口福，还是古代那些傍着竹林的隐逸的吃客赢了。

春笋

［腌笃鲜］

将五花猪肉洗净，煮熟，切块。将咸猪腿肉洗净，再用清水泡半个小时，切成块。用砂锅一只，锅内加清水、猪肉块、咸肉块、春笋，大火烧开。撇尽浮沫，再加酒、葱段，煮到汤汁奶白以后改用中火慢慢焖一个小时，再加入百叶结，笃 15 分钟即成。

杨柳

树木的抽青，是初春带来的消息。

这件报春的任务，落到了杨柳身上。从我的故乡长白山脉，到塞外大漠，到烟雨江南，都是极其靠谱的事。只要柳丝冒出绿芽儿，远远看去像一片薄雾，人们便知道，早春来了。

为什么是杨柳，而不是别个呢？竺可桢在《唐宋大诗人诗中的物候》一文中写道："第一，因为杨柳抽青早；第二，因为它分布区域广，南从五岭，北至关外，到处都有，它既不怕风沙，也不怕低洼。"

在江南，早春的杨柳是南宋僧人志南《绝句》中的"沾衣欲湿杏花雨，吹面不寒杨柳风"，是贺知章《咏柳》中的"不知细叶谁裁出，二月春风似剪刀"。在长安近郊，早春的杨柳是王维的"渭城朝雨浥轻尘，客舍青青柳色新。劝君更尽一杯酒，西出阳关无故人"。在关外，早春的杨柳是唐代李益笔下的"漠南春色到滹沱，碧柳青青塞马多"。在巴蜀，早春的杨柳则是刘禹锡的“桥东桥西好杨柳，人来人去唱歌行”。可见这柳芽儿真是名副其实的九州大同的报春使者了。

这柳芽儿的功用，可不止报春，也是可做菜肴的。广陵一带会用柳芽拌饭，可清热明目。在苏北和皖、鲁等地，人们也会采柳芽，用开水焯过后再放凉，加上麻油、食盐、葱、蒜、香醋拌匀当凉菜吃。据说用柳芽和茶叶一起泡茶，清香怡人，还有缓和“湿痹挛急、膝痛”的功效。我没有试过，明年的早春倒是可以效仿一番。

“春城无处不飞花，寒食东风御柳斜。”没过几日，随着柳芽迸发的，便是漫天的柳絮儿，搔得鼻子酥痒痒的。这可是柳树的花呢，又叫柳子，采集来缝到枕头里做枕芯，据说有安神的功效。

因为柳和“留”同音，柳树自古被古人染上了一层相思意义。“羌笛何须怨杨柳，春风不度玉门关。”“此夜曲中闻折柳，何人不起故园情。”送别时，古人会折一枝杨柳，以寄依依惜别之情。琴曲《阳关三叠》便是由王维《送元二使安西》“渭城朝雨浥轻尘，客舍青青柳色新。劝君更尽一杯酒，西出阳关无故人”这首诗来填词。杨柳之于离别的情感，是植根于我们中国人的心中的。在无法畅快表达自己的忧思时，还有音乐，还有诗词，还有树木花草，可以借来抒怀。到为杨柳画图谱时，我却没了头绪，试过几张，宣纸揉起一团，都不得要领。直到见到董桥的一幅字画《刘禹锡杨柳枝》中的杨柳，才算开了一点窍。那修长的柳叶在风中飘扬，有着无形的流畅的气息，不正是“天机动荡，活泼泼地毫无滞机”的境界吗？当下心里欢喜得紧，提笔临画，一蹴而就。

只觉得，自己也该做个“天机动荡，活泼泼地毫无滞机”的人呢。

楊柳

春分

辛夷

香椿

春分，一是指一天时间白天黑夜平分；二是古时以立春至立夏为春季，春分正当春季三个月之中，平分了春季。春天过半为花朝，俗称『花神节』『百花生日』。旧时江南民间多会郊游雅宴。郊游踏青，饮茶赋诗，游园怡情。

春分有三候：一候元鸟至。二候雷乃发声。三候始电。便是说春分日后，燕子便从南方飞来了，下雨时天空便要打雷并发出闪电。

春分时节，莺飞草长，辛夷如火，海棠依旧，暖日暄暄，出门俱是看花人。

辛夷

老北京有种民间手工艺品，叫“毛猴儿”。我过去在田子坊的店里曾有人寄卖过——毛茸茸的身子，骨瘦的四肢，锃亮的脑壳儿，被做成各种老北京人的生动姿态。有卖糖葫芦的，有在钉鞋的，有挑着剃头挑子的，有抬花轿的，有玩杂耍的，还有躺在竹椅上摇着蒲扇纳凉的，形态惟妙惟肖。有一种说法是这是当年中药铺的小学徒坐在店里无聊鼓捣出来的小玩意儿，后来因为有趣传遍了北京城。他用的原材料自然是中药铺子里抓来的，一味是蝉蜕；另一味，就是辛夷。

每年的春分前后，我家院子里的辛夷就开始结了花蕾，毛茸茸的。辛夷的药用价值，就是在这个毛茸茸的花苞状态的时候。这时候的花苞有一种类似生姜的辛香味。在中医里，辛夷可用来治疗鼻炎、鼻塞。

这些毛茸茸的花苞好像一件件棉袄，让辛夷的花芽安然越过冬天。待到春风吹来，树上的“小毛猴儿”们便开始脱胎换骨，纷纷裂开花萼。起初像怕冷的小姑娘，裹着小棉袄，只露出一个粉色的小脑袋。过两三天，才探出大半个身子。接着，在春风里绽开大瓣大瓣的花朵，有紫、有粉紫、有乳白，紫的素静、粉的冶艳、白的优雅，连缀成片，如云似霞，分外动人。真不敢把不起眼且有些滑稽的“毛猴儿”和这么雍容优雅的花朵联系在一起。

这些毛茸茸的花蕾开放出的不同颜色的花朵，是有不同名字的。辛夷、玉兰、木兰，常常被混作一谈，即便是翻阅了许多权威文献，说法也是有出入的。在这里尽量把不同名字代表的木兰科木兰属不同品类一一解释。

关于辛夷，李时珍说：“夷者，荑也。”荑有草木嫩芽的意思，所以辛夷顾名思义，便是“具有辛味的草木嫩芽”。宗奭特别指出：“花有桃红、紫色二种，入药当用紫者。”所以，辛夷，第一个含义是指紫玉兰的花蕾，也被用作中药名；第二个含义则是指玉兰中多呈现紫色的品种，即紫玉兰。郑逸梅在《花果小品》中特别引用植物学家的考证，说玉兰为九朵花瓣，花瓣比较长；辛夷为六朵花瓣，花瓣比较短。

玉兰，大多指的是白玉兰。如白玉一样洁白，花瓣底部染了一点绯红或淡黄。玉兰也泛指木兰属的不同品类植物。

木兰，在明代以前是几种木兰属植物的统称。在明代以后，人们逐渐将木兰、玉兰分开，此后木兰多称辛夷。

二乔玉兰，指的是白玉兰和紫玉兰的杂交。花瓣外面呈现淡紫红色，里面呈白色。

紫玉兰在古代还有一个名字，叫“木笔”。古人觉得紫玉兰的花苞长在枝头的顶端，毛茸茸的样子好像毛笔头，这便是白居易诗中说的“紫粉笔含尖火焰，红胭脂染小莲花”了。仔细端详辛夷在枝头的模样，还真觉得很形象。

还有一种名字特别诗意的木兰属植物，叫“望春”，有“春意在望”的生动。这多指玉兰中的一个特有品种——望春玉兰。望春玉兰呈现桃粉色。望春玉兰确如其名，是玉兰家族中最先绽放的，大致在立春时节第一场春雨过后，便感应到春日生发之气，从棉袄一样的花苞中破茧萌生。

广玉兰，别名荷花木兰，属于广义木兰属的木兰亚属，叶子厚而坚实，跟以上罗列的品种相比，属类相差最远，原产并非在中国，算是玉兰家族中的远房大表姐了。

每年春天，最先盛开的是望春玉兰，稍迟开放的是白玉兰，紧接着是紫玉兰和二乔玉兰。另外还有比较少见的玉兰品种，如黄山玉兰、武当玉兰、星花玉兰、飞黄玉兰、黄鸟玉兰等等。

旧时许多女子有以木兰、玉兰为名，上到垂帘听政的慈禧太后（乳名叫玉兰儿），下到林语堂笔下外柔内刚的女子姚木兰，还有代父从军的花木兰。

辛夷入诗词，有王维的“木末芙蓉花，山中发红萼。涧户寂无人，纷纷开且落”。有清代龚自珍的“识人间花事，十丈辛夷著花未”。王安石的《乌塘》写的是辛夷花盛开的样子：“试问春风何处好？辛夷如雪柘冈西。”杜甫的诗写的是业已垂败的辛夷，借以自怜人之垂老：“辛夷始花亦已落，况我与子非壮年。”这种场景，我每年也会在自家院子里亲见一次。大瓣大瓣的花瓣坠落在地上，慢慢萎黄，零落成泥，有种难以言说的悲凉。幸我不是黛玉，不会怏然自伤。抬头看，油亮的大片大片叶子，已经撑起一片深深浅浅层层叠叠的绿荫。夏天将至，不久新的玉兰花芽又开始孕育了。

玉兰入馔。明人王世贞在《弇山园记》一文中便特意提到，弇山堂前“左右各植玉兰五株，花时交映如雪山琼岛，采而入煎”。从书房前的玉兰树上摘下盛开的鲜瓣，送到厨房中随即炸制，成品乃是“芳脆激齿”。在明清时代，炸花片是风行度非常高的清口小吃，并没有什么稀罕的。

某年的四月，我去四川的北川考察野生中草药资源。在北川的药王谷，

辛夷

每年的三月便会盛开满山满谷的辛夷，云蒸霞蔚，分外美丽，引得游客络绎不绝前来赏花。

在当地的羌寨，炸辛夷花片竟也作为一个常见的小吃保留了下来。在这里居住九年的沈姐姐当年第一次来时，羌族的乡人便端上来一盘炸辛夷花片给她吃。当天晚上她睡得特香，鼻塞的症状瞬间减轻了很多。从此沈姐姐每天便拿这些花瓣儿当零食吃，就这样，多年的鼻炎居然被这些花瓣治好了。

[炸玉兰花片]

撷取白玉兰花瓣。

将面粉兑上水，打入一只鸡蛋，加少许盐，一起搅拌成面糊状。

锅中油烧到七分热，用筷子一片一片夹取玉兰花瓣，浸入面糊，再放到油锅中煎炸。

炸好的花瓣放入盘中，即成。

香椿

和香菜、香橼这些香字头的蔬果一样，香椿的“香”是有争议的，爱之者觉得香，不爱者是真的喜欢不起来。

学中医时读到有趣道理，《黄帝内经》中说要“食岁谷”，就是要吃时令食物的自然状态。春天主生发，万物复苏，草长莺飞，植物都长出鲜绿的嫩芽，这时候的嫩芽最有生发之气，对身体更有益。在北方，春季是吃刺嫩芽的好时候；在江南，人们就纷纷掐起了香椿头。

香椿头生在树上，被称为“树上蔬菜”。在江南长大的孩子的记忆里，家里后院都会有那么一两棵，一到春天就会萌生红的绿的纹理清晰的芽头，在阳光下熠熠生辉。香椿头是一种阳气很足的食物，在春日煦暖的阳光和雨露滋润下生长得特别快。嫩芽采摘过一茬后，没几天就又萌生出新的一茬，再采摘，再萌发，一个春天下来，可以吃好几茬呢。

头茬的香椿芽最嫩，用水烫一下，稍稍用盐腌一下，切碎了，淋上香油，

香椿

拌豆腐最好吃。袁枚《随园食单》中记载的香椿拌豆腐，“到处有之，嗜者尤众”。长大一点的香椿，炒鸡蛋吃最美味。

春分时节的香椿最嫩，这样一茬一茬地吃，吃到谷雨，香椿芽叶就老了。因此有“雨前香椿嫩如丝”的说法。如果实在迷恋香椿的味道，可以把香椿叶采下来晒干，当作茶叶泡茶喝，可以补脾阳。有一味中药叫作“椿白皮”，就是香椿树的皮，有收涩、去湿热的功效，熬水后还可以调理皮肤的不适。

文震亨在《长物志》中记载：“椿树高耸，而枝叶疏，与樗不异，香曰‘椿’，臭曰‘樗’。圃中沿墙，宜多植以供食。”据说樗的味道真的是臭的，有股烂花生的气味，古人常以“樗”自谦是无用之才。不过据现代植物学考证，樗与椿在植物门类上并不是近亲。

[凉拌香椿]

将香椿头掰开，洗净，在开水中焯一下，使叶子变绿，香味起来后捞出过凉水，挤干水分切成小段，撒上一点盐拌匀，在容器上覆盖保鲜膜，放到阴凉处腌上一小时，便可食用。

[香椿炒蛋]

将香椿头掰开，洗净，在开水中焯一下，使叶子变绿，香味起来后捞出过凉水，挤干水分切成小段，打入鸡蛋搅拌均匀，放入盐和少量水，入油锅翻炒，蛋液成型后起锅即可。

清明

桃花 碧螺春 青团

清明，古时也叫寒食节、三月节。『万物生长此时，皆清洁而明净。故谓之清明。』清明节后雨水增多，万物由阴转阳，吐故纳新，一派春和景明之象。清明，是我国唯一一个是节气的节日。

清明有三候：一候，桐始华。清明时节，桐花始盛开；二候，田鼠化为鴽。田鼠因烈阳之气渐盛而躲回洞穴，喜爱阳气的鴽鸟开始出来活动。田鼠化为鴽，意指阴气潜藏而阳气渐盛；三候，虹始见。虹为阴阳交会之气，纯阴纯阳则无，若云薄漏日，日穿雨影，则虹见。

清明时节，天清地明。桃花红，菜花黄。路上行人欲断魂。小山前，河水边，田野上，纸鸢飞，秋千荡，蝶儿忙。

桃花

春意渐深，梅、杏、梨、樱一层一层次第晕染江南的山野，到了三月末四月初上，桃花也挂着胭脂铺陈起好颜色来。

看过许多桃杏梅李的分辨攻略，依然迷迷糊糊，经常误把冯京当马凉。这当中唯有桃花算是最不难为我的，最分明的特征便是花开时有绿叶陪衬。进阶课程，是识得桃花的不同品种。常见的品种有红碧桃、白碧桃、撒金（又叫五色碧桃）、绿花桃、绛桃、垂枝碧桃、千瓣桃红、寿星桃等等。果用的桃花则是另一个大品类。

“桃红柳绿”虽是许多人对江南春天的印象，然而这种搭配却入不得文人的眼。对此明人文震亨与民国的郑逸梅所见略同。文震亨说：“若桃柳相间，便俗。”郑逸梅说：“实则桃决不能与柳并栽，二者相映，未免失诸于俗。但此只可与一二素心人言耳。”

桃花宜与竹子为伍。耳熟能详的一句是“竹外桃花三两枝”。

郑逸梅认为，桃花宜栽于溪水边："植桃宜于溪畔，照影婷婷，别饶妍态，而落花水面，自成文章，于斯益叹造化之手。"

早春二月到杭州，特意到白堤来探访桃花。这时的白堤桃红柳绿，临花照水。此情此景可贵之处在于有远山勾勒的背景，有湖水的荡涤，有眼底的柳树与桃花的相应，勾勒出早春浅淡湿润的层次丰富的画卷。白堤可谓是辨识桃花品种的最好的胜处，除了寻常可见的白碧桃、红碧桃、洒金碧桃，还可以看到罕见的花瓣细密团簇的"菊花桃"品种。

昔日一连几年，都会去上海南汇桃花村赏桃。陆地上阡陌间游人如织，多少会破坏兴致，最喜在春日里撑着船在曲折的河路上前行，避开了游人，景色也分外生动，想起李白的那句"桃花春水生"。两岸桃花枝叶依依拂面而过，花朵轻拂在脸上，犹如细吻。拾起落在水中的一朵仔细端详，宛若美人面。

从这样的桃花溪水溯流而上，在陶渊明的文章里，抵达的是梦中的桃花源，"缘溪行，忘路之远近。忽逢桃花林，夹岸数百步，中无杂树，芳草鲜美，落英缤纷"。唐代李翰的《蒙求》中记录了一个故事。说东汉年间，年轻人刘晨、阮肇结伴入天台山采药，在山里迷了路，沿着桃林间的溪水而上，遇到了两位绝色女子。女子带两人回家，并与之结为两对夫妻。两人过了一段桃花林里的神仙眷侣的日子，生起了思乡之情，再回到尘世，发现故乡人早已不认识他们了。仙乡的一日如人间的一年。再回头寻找桃花林，也成了不能复求的世界。桃花源与桃林仙境都有再难求得的怅惘。

而唐伯虎笔下的《桃花庵歌》多的是"及时行乐"的神气："桃花坞里桃花庵，桃花庵下桃花仙。桃花仙人种桃树，又摘桃花换酒钱。酒醒只在花间坐，酒醉还来花下眠。半醉半醒日复日，花开花落年复年。但愿老死花酒间，不愿鞠躬车马前。车尘马足富者趣，酒盏花枝贫者缘。"话说当年唐寅在苏州

桃花

西北隅的桃花坞看中了一栋别墅，无奈囊中羞涩，便拿了自己一部分藏书作抵押，向朋友借钱，用了两年多时间努力写字画画卖钱，才算还清了购房款。我在大学时代第一次造访苏州的时候，还特意跑去桃花坞唐伯虎的旧居看了看，只是遗憾现在已经不对外开放，更没看到半枝桃花的影子。

中国四大古典戏剧中，我偏爱《桃花扇》。与《长生殿》《西厢记》《牡丹亭》描写的浪漫男女爱情不同，《桃花扇》有家国破败的大历史背景下的悲欢离合，李香君身上有着更动人的风骨和气节。

《本草纲目》中说可将桃花“收花拣净，以绢袋盛，悬檐下令干用”。桃花阴干或者晒干可以做什么？桃花得春气之盛，入足阳明经，能散滞血，逐痰饮。《神农本草经》中就有桃花“令人好颜色”的记载。

桃花还可以泡桃花酒。古书云：“三月三日，采桃花浸酒饮之，除百病，益颜色。”农历三月三，在古代又叫“上巳节”，是植物一年中最有灵气的一天。《太清草木方》里有云：“酒渍桃花饮之，除百疾，益颜色。”身边修道的朋友也有喝桃花酒的习惯。

［桃花茶］

于每年农历三月初三日采集桃花，晒干，保存。每天取桃花干品与冬瓜仁、白杨树皮置杯中，沸水冲泡，加盖，10分钟后可饮。可反复冲泡3～4次，当茶水饮用，每日一剂。适用于有面部黑斑、妊娠色素斑、老年斑者，以及日照较强地区的皮肤较黑者。孕妇及月经量过多者忌服。

［桃花白芷酒］

采集花苞初放的桃花300克，与白芷40克同放于瓶中，加上等白酒1000毫升（或米酒），密封，一个月后开封取用。

碧螺春

几年来养成的习惯，每次完成一些阶段性的工作，经过一番耗费心神的辛劳，便会到苏州艺圃去发发呆。倘若是春季，便会在湖边的茶室中，点上一杯碧螺春。抬头看，窗外湖山在望，满园春光。低头看，嫩叶绿芽，沉沉浮浮。

江南的春茶，龙井重在喝一个“鲜”字，碧螺春则重在一个“香”字。清代《野史大观》中记载：“洞庭东山碧螺峰石壁，产野茶数株，土人称曰：‘吓煞人香’。”康熙“以其名不雅驯，题之曰碧螺春”。学茶时，对比喝不同的绿茶，印象尤为深刻——西湖龙井是兰花豆香，碧螺春是甜玉米香。倘若是明前好山头的茶，便呈现幽雅的花香。

碧螺春的花香味，与苏州洞庭特别的栽种方法也有关。明代《茶解》中说：“茶园不宜杂以恶木，唯桂、梅、辛夷、玉兰、玫瑰、苍松、翠竹之类，与之间植，亦足以蔽覆霜雪，掩映秋阳。”洞庭地区的碧螺春便是如此，茶树和桃、李、杏、梅、柿、桔、白果、石榴、泉城红、泉城绿等果木交错种植，枝丫交错，根脉相连，茶吸果香，花窨茶味，渐渐地就天然地窨出了碧螺春独特的花果香气。

碧螺春一般是在清明前春寒料峭时采下来。清明后，雨水多了，滋生很快，一剑两剑三剑，便是三四等级，到了夏天，基本就十几块钱一斤了。碧螺春茶汤比较清淡，有一种淡淡的、循序渐进的力量，是比较接近文人情怀的饮品。

碧螺春最好放个把月，不会伤胃。苏州人喝碧螺春也会吃一些糕点来封味，尤其甜的糕点，可将味蕾封好。品碧螺春，不可牛饮，要细细去啜一下，感受春天树木给自己传递的一种生发之气。

旧年苏州文人会学魏晋时期的人，行曲水流觞之雅事，于上巳节在曲折的溪水中飘一只杯子，倒好黄酒在里面。在谁的面前停下，谁就要边喝黄酒边吟唱一首诗。吟好诗，便以萝卜干作为下酒菜，清口的茶，便是碧螺春了。

碧螺春

青团

清明时节雨纷纷，旧时这个时节，江南家家户户开始做青团。青团，在江南又叫“清明果”，最早多是用来做清明扫墓祭祖的供品。

袁枚在《随园食单》里描述青团时称：“捣青草为汁，和粉作团，色如碧玉。”这里的“青草”，各地有差异，因为这种差异，青团也在不同地方形成了不同的口味与口感。浙江南部的青田和温州，用的是鼠曲草；浙江的宁波、上海、黄山等地，用的是艾草；苏州人多用的是浆麦草汁。

春天到苏州，会顺路在观前街的老字号黄天源糕团店买两盒青团送友人。苏州人用来做青团的浆麦草，是一种禾本植物，生长在田野、河畔。如今苏州很多老字号制作青团的青汁，都来自昆山正仪，有直接买好青汁的，有买来浆麦草自己回去加工的。苏州青团从拌粉、制馅、和粉、包馅到蒸熟，整个工序不下十几道，需要多人合作才能完成。苏州的青团大多是细腻的红豆沙馅。青团如果要好吃，和粉也很关键，需要在和粉的时候加入一些猪油，这样的青团吃起来，不但口感更好，面团也更加油绿有光泽。趁热夹起一只，口感糯韧绵软，甜而不腻，肥而不腴。昆山正仪有一家做青团的老字号，叫“文魁斋”，在当地非常有名气，制作的青汁是家传绝技。

两年前我就曾经找过苏州正仪的师傅帮我们赶制清明节期间的青团。今年清明节的寻味之旅，我们找到了另一位苏州朋友去深度挖掘苏州的传统老工艺，寻找最本初的味道。惊蛰后，苏州郊外的浆麦草开始疯长，苏州人就开始做青团了。今年苏州的朋友是在西山采来的浆麦草，用最原始的石锤锤青汁，小锅煤球炉蒸，费力又出产慢，很不工业化，但是会给你最本初的味道。第一口咬下皮子的时候，有一种植物特有的清香。

每年回先生的老家宁波扫墓，四叔和四婶也会做青团给我们吃。宁波象山的朋友每年也会寄来家乡的青团。宁波的青团模样和馅料更丰富，有黑芝麻的，有菜肉的，有的还会在青团外裹上一层米粒。艾草做的青团，皮子颜色偏深绿，咬一口，可以看见丝丝缕缕的艾草纤维，散发一种独特的清香。我尤其爱吃黑芝麻馅的艾草青团，馅料中的黑芝麻直冒油，吃起来特别的香甜，却又有一种更粗朴的质感。

偶然尝到了浙江青田的青团，是朋友的母亲在老家亲手制作后带到上海来的。口味有咸甜两种，暗沉的墨绿色，外表看丝毫不起眼，咬一口，顿觉惊艳。咸的入口格外鲜美，细品，馅料中有鱿鱼干、鲜笋、胡萝卜等等，各种食材的滋味相得益彰；甜的则是由红豆沙、猪肉、花生、猪油等混合而成，不那么甜，但香软绵密。青田的青团用的是鼠曲草，又叫清明草、秋菊草，也写作鼠麴草，为菊科草本植物。茎叶可入药，有镇咳祛痰功效。鼠曲草需要在春季刚长出来并且未开花的时候采摘，洗净后，放在锅里煮开，捞出来沥干，放在盘子里待其发霉。如果天气热的话过几天就霉了，这时鼠曲草便会发出一种特有的香味。把鼠曲草晒干储存，等到要做青团的时候再取出来，剁碎并在锅里煮开，然后和粉制作清明团子。也是因为用了这样的原料，团

青團

子外面的一层皮也就有了特别的嚼劲和清香。

今年的清明，我给我家阿姨多放了几天假，她要回黄山的老家祭祖。阿姨亲手做了黄山的清明果，带回来给我尝尝，作为答谢。想来在短短几天做出当地传统的清明果也颇费功夫。她用这几天时间亲自去山上新采来艾蒿和到面皮里，面皮子中就可以看到一根根绿色的艾蒿。馅料呢，有嫩嫩的豆沙的甜口，有萝卜、干笋、豆干、肉丝、咸菜的咸口，有着黄山菜的微辣的口感，还有一点咸酸，竟然又是一种令人感动的地方风味。

从苏州到上海、宁波、青田、黄山，我从一个小小的清明果中，由衷感受到了中国不同地域食物的千变万化。感慨一方新鲜食材带来的一方味觉体验，一方水土造就一方口味。

[艾草青团]

艾草加入少量水，放入搅拌机，打成青汁。将青汁加入少量盐，入锅中煮沸，去除涩味。然后把青汁和少许猪油趁热混入糯米粉后揉成面团。将粉团和豆沙分成数量相等的小剂子。将豆沙包入粉团中，搓圆，放入垫粽叶的蒸屉中，蒸20分钟左右即可。

谷雨

牡丹

蔷薇

刺嫩芽

谷雨，春天的最后一个节气。意思是『雨生百谷』。《群芳谱》载：『谷雨，谷得雨而生也。』

谷雨三候：一候萍始生。谷雨之日，『萍始生』，萍水始相逢；二候鸣鸠拂其羽。鸠即布谷鸟，鸣鸠预示着春将结束，此时田野里处处回荡『种谷』的呼唤；三候戴胜降于桑。『戴胜』又称鸡冠鸟，谷雨五日后落于桑树，预示蚕将生。

谷雨时节，自此春日渐归，牡丹花荣，蔷薇满架，紫藤垂丝，浮萍渐生。落红化泥，绿林成荫，雨水渐多。雨季一过，一年中绿肥红瘦的夏季就来了。

牡丹

少时喜欢梅，喜欢兰，喜欢有风骨的花草，觉得牡丹有些俗气。

年纪稍微长一些，不知从什么时候开始，就偏爱起牡丹了。有一年春天，无意中发现自己不经意地攒了许多与牡丹相关的物件儿——牡丹钮头印章、牡丹印花真丝衣物等等。疑心自己像上了年纪的妇女喜欢披金戴银一样老来俗气了。谷雨时节，买来几支牡丹，插成一瓶，置于案前，与花对坐。细看那层层叠叠的花瓣，半遮着黄澄澄的花蕊，红的浓艳华美，白的疏淡明秀，真是美得不管不顾，美得堂堂皇皇。生而为人，何不像牡丹一样轰轰烈烈地绽放个痛快，不枉人间走一遭呢。

从前我视牡丹为俗物，大概是因为国人把牡丹看作富贵花。如今看来，富贵于人间也是一种入世的极高境界，倘若没有勤勉地白手起家或者积德培福到一定程度，何来人间富贵呢？一朋友曾说，牡丹很难养，如果主人不够富贵，它就不会绽放……这牡丹也是可爱，有种不愿将就贫寒人家的贵气和娇气。

牡丹，芍药属。《本草纲目》说：“牡丹虽结籽而根上生苗，故谓‘牡’，其花红故谓‘丹’。”唐代以前没有“牡丹”一词，而是把牡丹和芍药统称为“芍药”。又因为牡丹花为木本，所以牡丹又被称为“木芍药”。欧阳修写成了中国第一部牡丹专著《洛阳牡丹记》。陆游也爱牡丹，写下了《天彭牡丹谱》，记述了洛阳牡丹七十余种。从清代蒋廷锡的《百种牡丹谱》中可窥见当年不少珍品。

在唐代，牡丹开始被封为百花之王，它的草本姐妹芍药则被封为花相。想当年，上自天子，下至庶民，皆被牡丹迷得神魂颠倒。唐皇李隆基在骊山一口气命人种植了一万株牡丹，色样各不同。牡丹花开之时，杨贵妃带众宫女游赏花间，衣袂飘举，令人不禁想起李白的“云想衣裳花想容，春风拂槛露华浓”和刘禹锡的“唯有牡丹真国色，花开时节动京城”。白居易的《买花》诗中更可一窥当年京城人沉迷于牡丹的痴态：“帝城春欲暮，喧喧车马度。共道牡丹时，相随买花去。贵贱无常价，酬直看花数。灼灼百朵红，戋戋五束素。上张幄幕庇，旁织巴篱护。水洒复泥封，移来色如故。家家习为俗，人人迷不悟。”

宋人时以牡丹为花馔。苏东坡两次在诗中提到酥煎牡丹：“故应未忍着酥煎。”“未忍污泥沙，牛酥煎落蕊。”宋人林洪的《山家清供》提到，南宋初年，吴太后喜欢将牡丹瓣“用微面裹，煤之以酥”。在宋人那里，炸别的花片大抵是拖了面粉油煎了事，唯独炸牡丹花片用的是牛酥。这牛酥，其实就是热牛奶冷却后表面上的一层奶皮煎成的油。可见牡丹花这花王在宋人心中地位是极尊贵的，值得被特别眷顾。

《红楼梦》里，曹公把牡丹这富贵花儿封给了薛宝钗，其判词说，“虽然艳冠群芳，堪称山中高士”，取的是牡丹的丰艳和贵气。脑子里想到的以“牡丹”为名的女子，却都有如同牡丹一样恣意而为、至情至性的一面。吕洞宾

牡丹

戏白牡丹，从《东游记》到戏曲故事，故事版本许多。白牡丹大抵都是飘飘出尘有三分仙气，贪恋凡间男女情爱却有仙缘的真性情小女子，让仙人为之沉迷，或救或渡或戏，引为妙谈。林语堂先生有一部小说叫《红牡丹》，女主人公亦是一个离经叛道、至真性情的热烈的女子。丧夫后，与堂兄、青梅竹马的旧情人、拳师、诗人等多名男子相恋。牡丹从不将就，永远忠于自己的感情，可谓轰烈、炽热地活出本色。不知道林语堂当年是以哪位女子为触机，写下这样一位女子，恐怕放到如今，像牡丹这样的女子也难被大多世人所容。

想起《聊斋志异》中也有两篇牡丹花仙的故事，女主人公都是痴情可爱的牡丹花仙。其中一篇叫《葛巾》，说洛阳人常大用喜爱牡丹成癖。听说曹州牡丹天下第一，就借住在当地官绅人家大花园内，天天盯着牡丹初发的嫩芽，写下了思念牡丹的绝句一百首。痴情郎终于感动牡丹花仙，她化身貌若天仙、艳丽绝伦的女子葛巾，在园中与大用相遇，结为连理，还把妹妹嫁给了大用的弟弟，两年后葛巾和玉版各生一子。本来可以就此美满享受人间天伦之乐，偏偏大用多事，对葛巾的身份起了疑心，借故回到曹州，找到那座花园，发现一株长得和屋檐一样高的牡丹，更加断定葛巾姐妹是花妖。回到家里，大用讲述《赠曹国夫人诗》，细看葛巾的反应。葛巾岂堪不破大用的心思，皱着眉头说道："三年前，被你思慕成疾所感动，才以身相许报答你，现在被你猜疑，怎么能再相聚在一起呢？"说完和玉版把孩子往地上一放，孩子落地就消失了，葛巾姐妹也无影无踪了。大用这才悔恨不已。异史氏说思念专一，鬼神也可交往，算不上正神的，也都是有感情的。何况像葛巾这样，真的能解语，何必追根究底呢？

在感情的通达上，人倒是不如花了。

蔷薇

晚春，路过花木葱茏的庭院，忽儿听得雀儿啾鸣几声，从耳边飞起，顺着雀儿飞去的方向看去，见它们已经飞过了一架子高高的蔷薇花。那蔷薇花枝枝蔓蔓，重重叠叠，在阳光下开得真是明媚。不禁喃喃地吟诵道："百啭无人能解，因风飞过蔷薇……"

最惦念的赏蔷薇的地方，是苏州的艺圃。暮春时节，拎着一只篮子，带上茶具去探访。进门，转过粉墙，犹如坠入一团粉粉绿绿纷繁的梦境。石板路两边的墙头各自攀爬着繁盛的花枝，正沐浴着午后的斜晖，曼妙摇曳。立在花下，眯着眼睛仰着头细看，脸上不知何时已挂着明媚的笑意。

春夏之交，往返于成都、上海两地，从江南到巴蜀之地，处处可见轻曼摇曳的蔷薇花墙。"水晶帘动微风起，满架蔷薇一院香。"有的爬满覆盖苔藓的青砖墙面，有的从别家院子探出头攀上墙，有的则遮盖了整座古屋木窗。蔷薇在晚春和初夏之交的谷雨季开始绽放，看倦了这满墙春色好风景，春就将尽了，我这一路正是追着春天的尾巴跑呢。

蔷薇

蔷薇，多指蔓藤蔷薇，开桃红色的花朵，花朵形似月季，又名墙蘼、红琉璃、锦被堆花。《本草纲目》中说，花最大者名佛见笑，小的叫作木香，都很香艳。蔷薇多刺，这引起一些赏花人的诟病。耜庵有诗说："便许攀援总刺人。"蔷薇、玫瑰、月季，常被世人混淆。明朝王象晋在《群芳谱》中，把蔷薇属植物分为蔷薇、玫瑰、刺蘼、月季和木香五类。

《云仙杂记》中说，柳宗元得到韩愈寄来的诗，会先用蔷薇露洗手，然后再来读，这蔷薇露许是古人以蔷薇提炼出的香水，从中也可以窥见柳宗元对韩愈的尊重程度了。《宋史》中也有记载占城"有蔷薇水，洒衣经岁香不歇"。蔷薇还可以做成蔷薇硝。《红楼梦》第五十九回中记载："湘云因说两腮作痒，恐又犯了杏斑癣，因问宝钗要些蔷薇硝来。"这蔷薇硝，揣测是由蔷薇露和银硝合成的一种药用化妆品，大概是清代官宦小姐用来对付春季内热上蕴、风热外感引发的双颊过敏的吧。

白居易有日从野外小心翼翼地移植来一株蔷薇，种在府内庭院里，整日看着，心生欢喜，随手写起戏谑的诗："移根异地莫憔悴，野外庭前一种春，少府无妻春寂寞，花开将尔作夫人。"

这像极了强抢民女金屋藏娇的乡绅恶霸的说辞，却是对着一株娇弱的蔷薇说的，白居易也是可爱。写这首诗的时候，正是在白居易升任少府之时，因为深恋着青梅竹马的湘灵，三十有五还不肯娶妻。当年白母认为湘灵"美艳有余妇德不足"，难为"命妇"而将一对鸳鸯打散。在写成这首诗后的一年，白居易便在母亲的逼迫下娶了杨氏。有了妻子杨氏可否填补少府春日的寂寞？很不幸，白居易对杨氏的评价是"不如村妇"，令人唏嘘。

刺嫩芽

每年春季朝思暮想的故乡的山野菜中，最令我牵肠挂肚者必属刺嫩芽。

每当春风吹暖北方的土地，刺嫩芽便开始纷纷从树上萌生出嫩芽来，故乡人便开始纷纷上山采摘，掐下芽来，摆上春天的餐桌。对于东北人来说，这是餐桌上的第一道嫩绿的颜色，是春天真正来临的讯号。

刺嫩芽，东北话又叫刺老芽，一嫩一老，说得却是一个东西，不免自相矛盾。东北有许多自相矛盾的方言，譬如“小姨”和“老姨”，皆是指年岁最小的姨母。至于刺嫩芽，其实是嫩的。又有学名为楤木，看日本电影《小森林》冬季篇，中文译名便用的这个名字。

刚生出的刺嫩芽模样儿略萌，胖嘟嘟的茎，刚刚舒展开片片浅绿色的嫩芽，这也是刺嫩芽最好吃的时候，芽身最肥美鲜嫩，入口有一股属于山野菜的特别清香。如果再长开一些，芽身则细长了，芽叶也完全舒展开了，叶子上便会长出几根小刺，入口时顽皮地搔痒你的舌头，芽身倒没有那么肥嫩了。

刺嫩芽

刺嫩芽的根皮有强壮筋骨、补气安神的功效，不过最重要的，还是好吃。

小时候，母亲会把刺嫩芽裹上一层鸡蛋液，在油煎锅里煎一下，鸡蛋的绵香和刺嫩芽的脆嫩会有一个奇妙的感官对比。另一种吃法，就是直接焯熟了，蘸东北大酱吃。我自己则更喜欢后一种吃法，保留了刺嫩芽最原始的鲜美。

对刺嫩芽的思念，其实也是对旧时光中故乡的春天的思念，每年盼着吃上这一口，也是为化解那舌尖的乡愁。

[母亲的油煎刺嫩芽]

将刺嫩芽焯水后，把鸡蛋打成液体，放入盐、酱油、五香粉等调料，将刺嫩芽浸入鸡蛋液中，放入油锅中煎，即可出锅。

[刺嫩芽蘸酱]

刺嫩芽焯水后，直接蘸东北豆瓣酱吃。

芍药

立夏

青梅

樱桃

立夏，是夏天的开始。《月令七十二候集解》云：『立夏，四月节。立字解见春。夏，假也。物至此时皆假大也。』

立夏有三候：一候蝼蝈鸣。立夏鸣的据说是一种色褐黑的蛙。随着青蛙鸣叫声声，夏天的味道浓了；二候蚯蚓出。由于此时地下温度持续升高，蚯蚓由地下爬到地面呼吸新鲜空气。蚯蚓是地地道道的阴物，生活在潮湿阴暗的土壤中。当阳气极盛的时候，蚯蚓也不耐烦了，出来凑凑热闹；三候王瓜生。王瓜这时已经开始长大成熟了，人们可以采摘，并相互馈赠。

立夏时节，草木葳蕤，百果结子。卷帘低垂，团扇轻摇。熏香袅袅，新茗酽酽。新麦熟，蚕豆香，酒酿甜。芍药、绣球、青梅、樱桃，人间孟夏天。

芍药

唐朝以来，国人素来把牡丹作为花王，芍药作为花相。我平日买牡丹插花时，也会带上一把芍药。相比牡丹开得热烈而灼目，芍药有种安静处的柔媚。

不与花魁做比较，言行举止保持自我的格调，才平和寂静而脱尘。

《红楼梦》里，史湘云被罚多了酒，卧于山石僻处一个石凳子上，香梦沉酣，四面芍药花飞了一身，头脸衣襟上红香散乱。这样不胜酒力的仪态，配上牡丹可能稍显浓艳，配上芍药倒是更添娇憨了。

牡丹和芍药怎么区分？只需牢记，牡丹是木本，芍药是草本。牡丹长得要高一些，芍药要矮一些。牡丹比芍药花期早，一般谷雨开花，因此被称为谷雨花。而芍药则是在立夏开花，二者花期刚好相差了一个节气。此外，牡丹的花朵大多为单株，芍药则是成簇的。牡丹叶形三裂，偏深绿，芍药的上部叶片是单叶，偏鲜绿。

每年四月，单瓣芍药先上市，花瓣看上去有些单薄，却因此格外凸显毛茸茸的花蕊的可爱。再过一段时间，重瓣芍药也上市了，买花的人越发的牡丹芍药分不清楚起来。只是那花店里买来的牡丹啊，也大多是重瓣芍药冒充作数的罢了，就像情人节的玫瑰，也大多是月季扮演的一样。

我更喜欢单瓣芍药胜过重瓣芍药，单瓣芍药花蕊与花瓣线条更加温婉怡人；白色芍药胜过粉色芍药，白色芍药更加高洁脱尘；芍药花苞之将开未开胜过全开，将开未开的芍药花苞像一个饱满的粉拳头，特别讨人喜爱。

说起情人节，现代中国人只晓得西方的那个瓦伦丁节了，送花也送玫瑰。似乎自民国以来，所有与浪漫有关的东西都要看西方舶来品。岂不知中国古代的情人节，论烂漫奔放程度，比之西方不惶多让。有情人之间赠予的花朵，便是芍药。这情人节不是时下炒作的“七夕”，而是在生机盎然的春天——三月三的“上巳节”。且看《诗经·郑风·溱洧》对当时男男女女春游踏青约会的情景的描绘。

《诗经·郑风·溱洧》

溱与洧，方涣涣兮。

士与女，方秉蕑兮。

女曰：“观乎？”

士曰：“既且。”

“且往观乎？”

洧之外，洵訏且乐。

维士与女，伊其相谑，赠之以勺药。

溱与洧，浏其清矣。

士与女，殷其盈兮。

芍藥

女曰："观乎？

"士曰："既且。"

"且往观乎？"

洧之外，洵訏且乐。

维士与女，伊其将谑，赠之以勺药。

溱河和洧河春水初生，涣涣流淌。年轻的男子和女子，手里拿着兰草和芍药，一个女子问一个男子："去那边看看好吗？"男子慌乱傻傻地回："已经去过了。"女子再追问："那就再去看看好吗？"于是二人在水边纵情说笑，互赠以芍药。在河边游春，《周礼》中说："于是时也，奔者不禁。"这是法令允许的相亲大会。如果一个男子和一个女子彼此喜欢，就可以在野外亲昵，被看作是对大地丰收的祝福，是吉祥的，没人会认为是伤风败俗……

芍药可入茶，作为初夏的一道花茶，有活血化瘀、颐养容颜的功效。

玫瑰终究是带刺的，芍药则多温柔，来年的三月三，有情人间，赠一束芍药可好？

青梅

人间五月，江南的青梅翠绿地坠在枝头，再过几日，云南高山的青梅也熟了。

青梅的收成季节转瞬即逝，只有那么十来天，以至于每年都要对着日历做标记——江南的何时熟，云南的何时熟，该酿青梅酒啦！不小心错过这一季，就要再等上一整年。

“郎骑竹马来，绕床弄青梅。”“和羞走，倚门回首，却把青梅嗅。”青梅，给人的感觉就是充满小儿女的青涩和天真。青梅的味道，也有着初恋的感觉，酸酸，涩涩，懵懵懂懂。

梅花好看，梅子却与桃、李、杏的甘美大不同。即便是果梅，味道普遍酸涩。这倒是没有难倒我们以吃见长的中国人，不免对它动起脑筋来。翻翻各地食谱，用梅子制成的饮食和调味品竟比别的果子丰富几倍——乌梅、白梅、梅酱、脆梅、话梅、青梅酒、青梅醋、梅浆、梅脯……从江南到福建，从云南到广东，不同地方的人都挖空心思琢磨如何将梅子的酸巧妙地利用起来。细细讲来，恐怕一本书也说不完。中国人对待食材的态度，仿佛在说明，世上没有不好的天然食材，只有不正确的料理食物的方式。

苏州人用青梅做食物，讲究不同时段。四月底到五月中旬，青梅很脆嫩，这个时候适合泡青梅酒，或者做成农家的脆梅。五月中旬的青梅大多黄熟了，就只能做成话梅。再晚一些的成熟梅子，东山的农民则把它做成梅酱，可以用来烧排骨吃。

把酸涩的青梅用来煮酒，是中国人发明的不辜负时令味道的最好方式。曹操以青梅煮酒相邀刘备共论天下英雄，北宋晏殊《诉衷情》里有“青梅煮酒斗时新，天气欲残春”。一个豪情，一个旖旎，各有风情。到如今，用青梅煮酒的不多了，常见的是浸泡青梅酒和发酵青梅酒。前者多见于广东、浙江、江苏等地，用米酒或者黄酒来浸泡新鲜青梅果而成。后者是以青梅果堆积发酵生成青梅酒，道理和葡萄酒类似，因为不易存储，也属罕见。

往年素来用云南的高山青梅来浸泡青梅酒，今年一时好奇，选了绍兴的梅子和云南高山梅子各酿了几缸，对比着喝喝看。三个月后的秋分时节，一齐揭开盖子，云南的酸得爽洌，江南的酸得甜糯，各有千秋。我个人则更喜云南青梅做成的青梅酒的滋味。

青梅是一宝，保健价值为古人和今人纷纷称道。李时珍说：“梅花开于冬而熟于夏，得木之全气。”青梅可以解五毒，其酸味能生津止渴，开胃健脾。在助消化方面素有“北山楂、南青梅”的美誉。青梅虽味酸，实为强碱食品，被称为“碱王”。明代以来，染坊染布多添加乌梅，就是因为梅子的这种特性能让红、紫等颜色鲜艳异常。

晚春韶光短，青梅，你错过了吗？

[梅子排骨]

将厚肉排骨斩成大块，把酸梅酱涂在近骨一面加上绍酒、酱油腌一小时，放入滚油中炸两分钟盛起，然后待油温回升将排骨复炸一分钟。红椒、葱一同切丝烧热锅，下油两勺，加入绍酒、生抽、浙醋、冰糖、盐，慢火至糖溶，放入排骨，加盖煮两分钟，拌匀后煮至汁浓加入红椒丝、葱丝即可。

[青梅酒]

新鲜青梅、米酒、黄冰糖以比例 1 : 1 : 0.7 计算。青梅月清水洗干净，去掉果蒂，水煮开后把青梅倒进去，立刻倒出来，用凉水冲一会儿（过冷），再用圆竹筛晾干水分。将广口玻璃瓶清洗干净，把青梅用牙签扎几个孔，按一层梅一层糖放，沿着瓶内壁缓缓注入酒至八九分满，盖上瓶盖，放置于阴凉避光处。隔几天摇晃一下使糖分布均匀，味道更浓郁。放置三个月后，可以饮用，半年或一年后风味更佳。放置六个月后，可以将梅子取出他用，也可继续放着浸泡。没有放冰糖的青梅酒还可外用，用来充当美容液。用化妆棉或纱布沾一些青梅酒，涂在皮肤上，能让肌肤重新变得细滑，缓解皮肤因为干燥、暴晒等原因变得粗糙等问题。

[梅子醋]

梅子洗干净后晒几天，把水分晒掉，按照梅子与冰糖、米醋 1 : 1 : 1 的比例装坛密封。两三个月后，就可以初尝梅子醋了。放得越久，梅香味越浓。怕太酸涩的话，可选黄梅。

青梅

樱桃

立夏时节，樱桃纷纷点上绯红胭脂，从树上落到了人们的盘子里。

苏州人的旧习俗，立夏日会列上樱桃、青梅和麦，供奉在祖先牌位前，名为“立夏见三新”。

樱桃之所以名为“樱”，便是因为颗粒像璎珠，更香艳的比喻是“好似美人唇”。白居易对着家中的歌姬樊素和小蛮，便有诗曰：“樱桃樊素口，杨柳小蛮腰。”齐白石曾经画了盈满一碗的樱桃，戏题了一句：“若教点上佳人口，言事言情总断魂。”

相对于如今的大樱桃，我更怀念小时候吃的那种小粒的樱桃，据说崂山的樱桃节出产的还是这种小樱桃。小樱桃皮很薄，味道却是我贪恋的酸甜，果肉也格外的细嫩，无奈非常不耐运输储存，如今想吃倒是很难了。

友人的父母刚好在烟台种樱桃，听她细数樱桃种植经。说如今山东的樱桃主流品种是红灯和美早这两个品种，都是澳洲、美国舶来品。烟台种大樱

櫻桃

桃的历史也就几十个年头。美早品种有个特点就是下雨的时候容易裂口儿。如果说采摘季节下雨了，就很容易烂。如果采摘季节正好没有下雨，那美早就长得又好又甜。所以种樱桃的农人有着看天吃饭和赌运气的意思。樱桃还怕旱，为此友人母亲还特意打了一口井去灌溉樱桃林。有一年旱灾，唯有她家樱桃喝着井水长得极好，邻家纷纷来到她家借水，终究逃不过旱死大半樱桃林的命运，农人欲哭无泪。“樱桃好吃树难栽”，既说的是栽樱桃树的艰辛，也说的是樱桃树要几年才结果儿。当地果农另外有句谐音的话是“樱桃好吃熟难摘”，意思是樱桃不是拽下来的，是一个个用手指盖儿掐的，需要格外小心，一不留神便把樱桃掐烂了。坐在窗前捧着一盘樱桃吃，想着农人的辛苦，表情也不免肃穆起来，心中升起无限感恩。

关于樱桃的诗句，仍旧最喜宋代蒋捷的那句：“流光容易把人抛，红了樱桃，绿了芭蕉。”

吃罢樱桃，春光已逝，夏天就真正来临了。

小满

枇杷
荔枝
水蜜桃

小满，《月令七十二候集解》：『四月中，小满者，物致于此小得盈满。』

将满未满，最是让人心胸开阔。海纳百川，积极向阳，犹如易经里的『未济卦』和『谦卦』所表达的境界。如果阳气炽盛，万物反而要开到荼蘼了。小满，就是这样一个充满向上力量的时节，这也是我偏爱『小满』这个节气的原因。

小满有三候：一候苦菜秀。《埤雅》以荼为苦菜。多年生菊科，春夏开花，感觉火气而生苦味，嫩时可食；二候靡草死。靡草是荠、葶苈之类枝叶细的草。葶苈三月开小黄花，四月结子。因至阴之所生，到了入夏不胜阳气，便枯死了；三候麦秋至。再又五日则『麦秋至』。此时虽夏，于麦则秋，夏麦可以收割了。

小满时节，樱桃红透，桑葚玫紫，枇杷熟黄。晴日暖风生麦气，绿荫幽草胜花时。

枇杷

从前对江南的枇杷有误解，认为枇杷都是“水滓滓而寡淡无味”的。

直到亲自去苏州的东山摘过一次枇杷，吃了那才从树上摘下来的，我收回了自己的成见。

“小满枇杷半坡黄”，晚春的阳光下，东山的农人把我们一群朋友带到家里的枇杷园里，一颗颗橘黄色的枇杷就毛茸茸、水嫩嫩地挂在树梢上，甚是讨喜。随手摘一颗，塞进嘴里。哇，好像冰糖一样甜，完全不是平日水果店里买来的那样。

慨叹蔬菜瓜果，真的是要守住果园菜园子，坐在田边儿树下吃，才能啖得最美的鲜味。

枇杷树多在秋冬开花。民国黄岳渊、黄德邻在《花经》中说：“果中惟枇杷备有四时之气，秋萌冬花，春实夏熟；树干高大，枝叶婆娑，凌霜不凋，花冠霜雪而愈繁；初夏果熟，色作正黄，外披茸毛，汁多如蜜，江南之

枇杷

名果也。”

苏州的东山、西山都产枇杷。东山的枇杷大多是白沙种，果肉呈乳白和米黄色。也有红沙品种，为数不多。枇杷很脆弱，采摘时手要小心翼翼持住果的柄，尽量不要碰到果皮。否则，枇杷被触碰的部位的绒毛就会脱落，第二天便长起黑斑来，犹如美人暮年生的老人斑一般令人心疼，再隔一天，整个果子就会烂了。因为果实的娇嫩，成熟季的枇杷需要农人格外细心地照顾，先要防患毛毛虫啃噬果树，又怕冰雹，冰雹会把枇杷果打落，损失惨重。再来怕鸟啄，又怕人来偷，所以果主往往要雇工整日看守着枇杷林，晚上还要睡在枇杷树边的芦棚里，寸步不离。

从前自己店的小院里，有一棵枇杷树，到了小满时节，便会结满枇杷。可惜果子结得太高，跳脚也够不到，只好天天仰望流口水。还好枇杷树赏我一片荫凉，我便在树下支起一架阳伞，摆上藤椅小桌，喝起茶来。听微风穿过枇杷叶发出沙沙响的声音，也是极好。

枇杷叶，用郑逸梅在《花果小品》中的话说是“大如驴耳”，读来真是形象。枇杷叶正面深绿油亮，背面长满绒毛，广东人称其为“无忧扇”，苏州人则拿来形容翻脸不认人的人，称其为“枇杷叶面孔”。

学了中医，才晓得枇杷叶子是宝，著名的中成药“枇杷膏”的主要配方便是枇杷叶。我们每年也会把枇杷叶、新鲜枇杷果肉取来熬枇杷膏。三月里用云南蒙自的枇杷，到了五月用苏州的枇杷，待到苏州杨梅也上新的时候，一年的枇杷季便算过去了。

荔枝

“一骑红尘妃子笑，无人知是荔枝来。”这是讽刺唐明皇和杨贵妃穷奢极欲生活的名篇，到了每年五月光景，我竟也是盼着岭南的荔枝以最快速度飞来。

幸好作为生活在二十一世纪的人，我们即使没有“回眸一笑百媚生”的好颜色，也可以吃到空运的最新鲜的荔枝。芒种时节，好友寄来一大箱新采摘的桂味荔枝，到货时荔枝还带着绿叶子的清新气息，剥开红红的坚壳儿，白绡裹着的水晶果肉绽破开来，赶紧吸上一口，真像汽水一样爽舌头。每年除了吃到最时鲜的水果的喜悦外，还要感恩那些念着你能吃上这一口的朋友的情谊，堪比受到皇恩浩荡般的宠溺。

荔枝品种有三月红、圆枝、黑叶、淮枝、桂味、糯米糍、元红、兰竹、陈紫、挂绿、水晶球、妃子笑、白糖罂等十三种。其中，以桂味、糯米糍、挂绿为上佳品种。“萝岗桂味”“毕村糯米糍”和“增城挂绿”有“荔枝三杰”之称。

荔枝

对于荔枝的描写，白居易的《荔枝图序》最为生动："壳如红缯，膜如紫绡，瓤肉莹白如冰雪，浆液甘酸如醴酪，大略如彼，其实过之。若离本枝，一日而色变，二日而香变，三日而味变，四五日外，色香味尽去矣。"读来妙笔生花，呼之欲出。白居易想必是贪恋荔枝的。

荔枝好吃，然而不可多吃。可我向来自制力弱，一箱荔枝三两天便吃光了，只得用跟友人学来"吃荔枝不上火的"的方法以自救：

把新鲜荔枝去皮浸入淡盐水中，放到冰柜里冰一下，不仅可以防止上火，还有醒脾消滞的功效。或者直接就地取材，用荔枝壳煎水喝，也能解吃荔枝的上火症状。

不过东坡居士尚且放下狂言："日啖荔枝三百颗，不辞长作岭南人。"我们每年为了这口时鲜，上个火又算得了什么呢？

水蜜桃

芒种时节，无锡阳山水蜜桃熟了。熟透的桃子真好看，如同略丰腴又面若桃花的好气色的女子。拿起来，咬下去一口。哇，甜似琼浆。

桃子是土生土长的中国的果物，分为北方桃、南方桃、黄桃、蟠桃和油桃。其中我最爱的是鲜嫩多汁的品种。那种又脆又硬的桃子我是怎样也欣赏不来的。勉强接受的是黄桃，肉相对紧实，做成黄桃罐头口感绝佳。

古人常说吃桃子能“益颜色”。桃子好吃，桃子毛却很讨厌，一不小心沾到手上、脸上，又痒又刺，不禁像猴子一样抓耳挠腮起来。后来习得对付桃子毛的办法，只需要在清水中放入一些食用碱，把桃子丢过去浸泡，轻轻搅动，清洗几下桃毛便脱落了。

桃子在中国文化里的口彩好，代表“寿”。年画中的寿星公和童子都会捧着一颗可爱的仙桃。宁波象山等地，老人过生日做寿时，还会用艾草蒸桃形的点心，里面填上红豆沙馅，在顶部捏出桃尖，再染上红点，上笼蒸熟，“寿

水蜜桃

桃”就做成了。我的母亲过生日时，宁波的友人便寄来了一份这样的“寿桃”来祝寿。

桃子是带有仙气儿的。王母娘娘在天宫特地种了一个蟠桃园，桃子成熟时便要请群仙来开蟠桃宴，大快朵颐，惹得那孙猴子偷来吃。在道家典籍中，连桃木都有灵气，素来有桃木能避邪的记载。

现代人证实，桃子含有丰富铁质，的确是养血的食物。桃子当中的桃仁，还有活血化瘀、平喘止咳的作用。

桃花好看，桃子好吃，所以翻翻历史，还真有像以梅为妻的林和靖那样，爱桃成痴的人。此人是康熙中叶人，姓陶名桃，自号桃奴，种了三百棵桃树，把卖桃子的钱，分别埋在每一棵桃树下，作为一年的吃穿用度——不过一半都用来买酒喝了。陶桃不娶妻，没子嗣，人家问他，他便指着桃树说：“花我妻，实我子，又何妻子为？”死后，人们便为他建了一座草庵，名为“桃奴祠”。这算是天下爱桃人中的第一痴了，我疑心是桃仙投胎人间走了一遭也说不定。

榴花

芒种

栀子

艾草

芒种，《月令七十二侯集解》：『五月节，谓有芒之种谷可稼种矣。』芒种已近农历五月间，夏季之中，今天开始的这一个月，称为仲夏。

芒种三候：一候螳螂生。螳螂在去年深秋时产子于林间，此时感受到悄然而生的阴气，破壳而出；二候鵙始鸣。鵙即伯劳，『伯劳以五月鸣，其声鵙鵙然』，以声命名。枝头上的伯劳声声是别春之离愁，暗示酷暑已至；三候反舌无声。『反舌』即百舌鸟，能够学习其他鸟叫。反舌感阳而发，感应到阴气的出现而停止鸣叫。

芒种时节，黄梅雨季，大雨时行。榴花照眼明，枇杷半坡黄。五月节，悬艾于户，香囊随身，兰汤沐浴，龙舟竞渡，粽叶飘香。蛙鸣庭草，田畦农忙。一钩新月天如水，两点雨滴山如眉。

榴花

“五月榴花照眼明。”一句诗道尽五月榴花的明媚。

榴花的红，用“明媚”来形容最贴切，既不那么浓烈，也不那么艳俗。若用绘画颜料来调，是要在朱砂色中兑一些藤黄的，呈现出略带着橙红的一种透亮。

微雨过，小荷翻，榴花开欲燃。石榴花季，折一枝回来，随意地斜斜插入碗中。橙红的花儿枕在碗沿，绿叶儿探头垂到碗外，置于书架上，颇得时令之雅趣。

石榴原产于波斯，传说是由张骞从西域带回中国的。现在中国最闻名遐迩的石榴产地，是临潼。石榴有许多美丽的别名：沃丹、若榴、丹若、天浆等，名字皆美。

中国人更爱极了石榴花明媚的红，于是把这一抹红从石榴花身上借来，染成女子的裙裾。“芙蓉为带石榴裙”。隔着时光，慢慢地，中国人干脆将红

榴花

裙称之为“石榴裙”，再后来，又干脆把“石榴裙”泛指为女子的代称。男子倾慕臣服于心爱的女子，被称为“拜倒在石榴裙下”。

榴花盛开在五月，所以五月也被称为“榴月”。榴花的花神，也变成了民间避邪除灾的神仙钟馗。时常见到民间所绘的钟馗画像，耳边都插着一朵如火一般明艳的石榴花，真是威风中又藏着几分娇媚，形成一种反差萌。

石榴因为花和果实尽美，因此中国人喜欢在院子里栽石榴，接着又被喜爱盆栽的人种进了花盆中。在明人的插花“主客”理论中，榴花总是被列为花主之一，称为花盟主，辅以栀子、蜀葵、孩儿菊、石竹、紫薇等花客卿或花使令。石榴在中国人心目中的尊贵地位可见一斑。

栀子

扫庭院的阿伯的簸箕里有一朵凋落的栀子花。

我说："伯伯，这朵花我拿走了啊。"阿伯说："啊，好。"

拿回家找一只小花瓶插起，洁白的花瓣因为有些凋败慵懒地垂下来。花瓣边缘有丝嫩绿，鼻子凑近嗅了嗅。好香啊，香得沁人心骨。

印象里，夏日里的白色花朵都有馥郁的香气，如茉莉、白玉兰、含笑等等。郑逸梅先生在《花果小品》里独封栀子为"夏花之最馥郁者"。汪曾祺形容它说："栀子花粗粗大大，又香得掸都掸不开……"这个"掸"字用得真是妙。

夏日三白中，茉莉原产于印度和波斯，白兰花则来自印尼爪哇，而栀子花的种子则传说来自天竺。宋代曾端伯在《三余赘笔》中称栀子为"禅友"。宋代蒋梅边咏栀子："清净法身如雪莹，夜来林下现孤芳。"这里以"法身"来唤栀子，是把栀子的高洁清净寓意修行人清净自我的境界。

南北朝梁代女诗人刘令娴曾作描摹栀子花的诗句赠予她所欣赏的才女谢道韫（谢道韫乃王羲之的儿媳是也）："同心何所切，栀子最关人。"栀子，与"执子"谐音，因为是才女之间互赠之作，此时的栀子多了一份被寄予的惺惺相惜的情感。

栀子分为黄栀、白水栀。黄栀，即是我们寻常所说的可以做药用和草木染的品种。白水栀，又称白蟾，是我们平时在庭院中常见的重瓣品种。

既是被尊为"夏花之最馥郁者"，国人不免要挖空心思琢磨如何向栀子花"借香"。栀子花如茉莉，是可以用来窨茶的。今年栀子花季结束后，便收到西安的茶人朋友寄来的两份古法八窨栀子花茶。一份是绿茶，一份是白茶，只打开了绿茶趁今年喝掉，白茶先存了起来。刚剪开包装，就嗅到绿茶的豆香味融合着栀子花的冷香扑鼻而来，两种香气相得益彰，谁也没有夺谁的功，仅仅是干茶便令人心神俱清。

另一种"借香"的方式便是端上餐桌了。宋人林洪的《山家清供》中记载了一款"薝蔔煎"。把大瓣的栀子花片用热水烫一下，晾至微干，裹上甘草水调成的稀面糊，在油中煎熟，品尝起来"清芳极可爱"。也可以直接清炒来吃，口感有栀子花的清香。还可以封存到玻璃罐中腌渍起来，味道清香爽口，适合苦夏的人。

家里瓶中的栀子花快凋零了，我便把花瓣采集下腌起来，用的是最简单的渍法。栀子花馔的选材，一定是半开未开的花瓣最好，此时口感最嫩，但我做花馔多会取花之将要凋零者——实在是不忍心在花还未开或者开得正好时把花拗断。这样即便花瓣入口有些老了，也总算没辜负花朵的一次盛开，既赏了花，也在花将凋零时赋予花朵新的价值，令花朵在味蕾上再一次绽放，两全其美。

我们不但可以向栀子花"借香"，也可以"借色"。黄栀的果实在自然中

栀子

孕育出最鲜美的黄色。古时栀子果实是最常用的黄色植物染原材料之一。在帝王年代，黄色是尊贵的色彩，栀子染也多为御用，寻常百姓是没有机会穿着的。不过，栀子染黄很容易在太阳下晒褪色，所以宋代以后，便多被槐花染黄取代了。我第一次做植物染，便是栀子染，是女友莲子教我染成的一只明黄色手帕。待到第二年将手帕再翻出来，果然颜色已经褪了大半。

栀子染还可用于中式点心中。栀子本来就可清热泻火，既可以赋予食物美丽的色彩，也可以令食物多一份清火的功效，一举两得。

［栀子花渍］

将栀子花瓣采集下来，清洗干净。栀子花瓣很容易招一种黑色的小虫，需要一朵花瓣一朵花瓣地细细冲洗干净。用柠檬汁（没有柠檬汁也可以用白醋，味道会稍逊一筹）、白砂糖、少许盐、几滴酱油做成渍汁，与栀子花瓣充分混合，压入泡菜瓶，在冰箱里封存一夜就可以吃了。

［栀子染］

干栀子果，放在热水中浸泡一夜，泡软后，将果实剥开或者捏碎，放在锅里煎煮，煮沸后再续煮三十分钟，过滤一下，取第一次的染液，剩下的药渣依然可以再继续煮三到四次染液。将织物或者扎好的布匹浸泡在明矾水中，起到固色的作用，再在染液中泡几分钟，取出后晾干即可。如果是新鲜的栀子果，只要捏碎泡水三个小时便可。

艾草

儿时很喜欢过端午节。这一天的凌晨，太阳还没出来，母亲便会早早地在我的手腕儿、脚脖子上系上五彩线，在脖子上挂上小小的艾草香包。五彩线，是用五种颜色的缝衣线扭在一起而成的好看线绳。待到早上醒来时，被褥、衣服上已经满是艾草的香气。至于为什么一定是在凌晨在小孩子熟睡时为小孩子佩戴上，故乡的习俗如此，说不上什么缘由。

早上，通常会有母亲亲手包的粽子吃，再大一点的孩子，就可以跟大人一起上山采艾蒿了。艾蒿，在故乡的俗语也叫“蒿子”，叶子裂开几片，形状像菊花的叶子，上有细细的绒毛，散发出阵阵特殊的香气。

记忆中的端午节，就是这样，盈满淡淡的艾蒿香气。

如今，每年端午，婆婆还会采来艾蒿，发给我们家几根以驱邪避虫。婆婆是岭南人，春节是吃饺子还是吃年糕，这个问题中国南北方还统一不了，端午节插艾蒿的习俗，大江南北倒是空前一致。

艾蒿

习过中医的人多半会对艾草充满感情。我没有研习过艾灸，却因为天生的阳虚体质，三伏天经常没事为自己施灸，于是和艾草也成了密友。艾灸，是中医里点燃用艾绒做成的艾条之后，去熏烫穴道来治病的一种方法。《孟子》中说："七年之病，求三年之艾。"灸用艾叶，越陈越好。如果说杏花为"医家之花"，艾草便为"医草"。《本草纲目》里说："艾以叶入药，性温，味苦，无毒，纯阳之性，通十二经，具回阳、理气血、逐寒湿等功效。"五月节这天趁着露水采到的艾草，药效最好。可以直接泡茶喝，也可以泡脚。在我的故乡，产妇也是要用干的艾蒿泡水洗澡，来消毒止痒的。

在先生的老家宁波，艾草是青团等很多点心的主要原材料。用清明前后鲜嫩的艾草和糯米粉按一比二的比例和在一起，包上红豆等馅料，放到锅上蒸煮，香喷喷的青团就出锅了。

艾草做植物染的染料染出的颜色，是一种极素淡的黄绿色，很是疏淡素雅。艾草也入得文房，是传统印泥的主要原料之一。传统的印泥，是由朱砂、朱磦、艾绒、蓖麻油、麝香、冰片等调和而成。从陈艾叶到艾绒，需要经过反复晾晒、筛选，除去杂质，使得艾绒细软如棉花。艾绒又可以分为粗艾绒和细艾绒。粗艾绒一斤可得六七两，适用于普通艾灸。细艾绒一斤只可以得到二三两，需要经过数十日的晾晒，筛拣数十次，用于直接灸法，这也是作印泥的原料。

[艾草粥]

干艾叶 15 克，如果是鲜艾叶便用 30 克，粳米 100 克，红糖适量。将艾叶煎汁去渣，把粳米和红糖放入药汁中煮粥，早晚温热服食。本粥方可增强免疫力，女性服用可温暖子宫。女性月经期间不宜食用。

[艾草染]

四月以前采收艾草嫩叶，加水煮沸 20 分钟，过滤放入染布（以丝质为佳），染 20 分钟洗净，再放入明矾水中媒染，可得黄绿色。夏天以后采收的艾草染成的，则是咖啡褐色。

白兰花

夏至

萱草

杨梅

夏至，日光长至、日影短至，故曰夏至。《月令七十二候集解》：『五月中，夏，假也。至，极也，万物于此皆假大而至极也。』

夏至是二十四节气中最早被确定的节气之一。从汉代就有过夏至日的习俗。《辽史》礼制记载：『夏至之日谓之朝节，妇女进彩扇，以粉脂囊相赠送。』

夏至有三候：一候鹿角解。鹿的角向前而生，属阳。夏至日阴气生而阳气始衰，所以阳性的鹿角便开始脱落；二候蜩始鸣。蜩为夏蝉，俗称『知了』。雄性的知了在夏至后感阴气之生便鼓翼而鸣；三候半夏生。半夏是一种喜阴的药草，生在仲夏的沼泽地或者水田，生于阴阳半开半阖之时，治的也是半开半阖之病。

夏至，夜至短，昼至长。塘头荷花开，庭院有蝉鸣。竹扇、布帕携手游，细雨庭院嗅茶香。

白兰花

潮湿闷热的江南初夏，因为有老婆婆在街头巷尾提着篮子叫卖的白兰花，才会变得可人而有人情味儿。

白兰花、茉莉、栀子，通称盛夏三白，香气真是各有各的好处。通常卖花阿婆的托盘上，这三样皆有，或者少了栀子。我个人更偏心白兰花一些。其一，茉莉和栀子香则香矣，却有种拒人千里的冷感，而白兰花的香气则是甜而暖的，像一个没有心机的清纯少女。那香气，嗅到身体里有种浸润式的愉悦，犹如坠入一个初夏甜美的梦；其二，白兰花的花瓣呈乳白，而不是素白，花朵的线条更加修长流畅。那种柔美婉约，更入得喜爱描画工笔花卉的人的眼。通常白兰花会被两朵白兰花并作一束，用银色金属丝串起。老阿婆的叫卖声则是这样："小姑娘，白兰花要浀？"声线如白兰花的香气一样甜一样暖，有种老婆婆对年少女子的宠溺。我们这些有些违心被称作"小姑娘"的大女子们自然忍不住驻足来挑选了。往年在上海，每次在街头遇见，我和女友都会一人买上一束，有时更多的也是体恤老婆婆扎花卖花做小生意

白蘭花

的不易。

有一年，我和友人在苏州的湖嘉寺挂单参加法会，便在平江路上买了两束白兰花。午休时，把白兰花搁置在枕头边，伴着白兰花香睡在禅房的竹席上。床板和竹席很硬，梦却很甜。时至今日，依然记得在廊前晾晒衣物后，转身回到禅房，嗅到的白兰花香。

又一年在成都，文殊院门口也有婆婆卖白兰花。阿鸟买了两朵，一朵为我别在老和田玉挂件上，一朵放进了我的背包里。就这样，虽然过了一天白兰花便泛黄了，然而每一年的白兰花香，都好似封存在属于夏天甜美而温暖的记忆里。

有时会想，那些卖花的阿婆也有她们的年轻岁月吧。时光追溯回旧年，据说那时夏日在江南卖花的，不是提着篮子的老阿婆，而是穿着青竹布衫的小女子穿行于大街小巷。旧时女子着旗袍，那白兰花串儿刚好挂在旗袍的小盘扣上，随着旗袍裙摆轻轻摇曳。女子们步态婀娜，白兰花的香气飘荡在热闹的都市街头和石板雨巷间。也有姑娘家把白兰花插于鬓际，不胜娇羞。当年的大姑娘小媳妇，年复一年，已熬成了老婆婆，唯有白兰花的香气，依然不曾减淡。

我对白兰花树的印象是模糊的。据说在南方，白兰花树可以长成过人高的一树。我没有见过，到了江南，白兰花变成了盆栽的、养在温室里的花卉，这倒是更符合白兰花的性情了。

萱草

第一次见萱草，是在宁波东钱湖边。石板间花开两株，亭亭玉立，袅袅娜娜，夕阳染尽天边，火烧云映衬着湖面，那橘红色的花朵融入这光影中，格外生动。

故乡的山间有许多野百合，与萱草酷似，我便错把眼前的萱草当成了野百合。南方的朋友指点我："不对，这是萱草。"哦，原来这就是书里大名鼎鼎的萱草。查阅资料，发现萱草的确是属于百合目，百合属，难怪我搞乌龙了。

萱草有许多别名，细品每个名字，都蛮有意趣。

《诗经·卫风·伯兮》中有："焉得谖草，言树之背。"谖草说的就是萱草。谖是忘的意思，所以它又叫忘忧草。朱熹注释说："谖草，令人忘忧；背，北堂也。"说古时候当游子要远行时，便会先在北堂种萱草，希望减轻母亲对孩子的思念，忘却烦忧。久而久之，萱草便成了中国古代的“母亲之花”了。古语中，母亲的居室被称为“萱堂”，母亲的生日被称作“萱辰”，母亲的别称被称为“萱亲”。这样的来历，竟比西方的康乃馨更多了一份母子之间丝丝缕缕的感情牵系。

萱草又有一个名字叫“鹿葱”。萱草的苗用于烹饪，味道很像葱。而萱草也是鹿吃的九种解毒草中的一个，鹿葱的名字便由此而来。周处在《风土记》中说：“妊妇佩其草则生男。”于是又有了“宜男草”的名字。在那个男尊女卑的年间，算是对怀孕女子的最好祝福了吧。

一些资料中说萱草又名“金针”“黄花菜”，这倒是欠严谨的说法了，若被人误听去，恐怕会有吃下中毒的可能。

黄花菜是我父亲很喜欢吃的一种蔬菜，味道微酸。准确来说，黄花菜是萱草属植物，花朵比较瘦长，花瓣较窄，花色嫩黄。而我们日常种植玩赏的萱草花（大花萱草、卷丹之类），花更接近一些漏斗状百合，花色一般呈橘红色。如果实在分辨不清却也简单——黄花菜一般出现在菜地里，萱草一般出现在花圃中。只要做个遵守公共道德的好公民，管住自己的手脚，不要直接从花圃中偷“萱草”来吃，便必保无虞。

写了脍炙人口的《游子吟》的唐朝诗人孟郊，在另一篇《游子诗》中写道：“萱草生堂阶，游子行天涯。慈母倚堂门，不见萱草花。”另有王冕的《墨萱图》：“灿灿萱草花，罗生北堂下。南风吹其心，摇摇为谁吐？慈母倚门情，游子行路苦。”写尽母子之间的牵念。宋代苏辙的《萱草》诗颇为大气开怀，则是取了萱草的“忘忧”之意：“萱草朝始开，呀然黄鹄嘴。仰吸日出光，口中烂如绮。纤纤吐须鬣，冉冉随风哆。朝阳未上轩，粲粲幽闲女。美女生山谷，不解歌与舞。君看野草花，可以解忧悴。”

萱草之“忘忧”并不是古人凭空赋予萱草的含义，作为一种草药，它本

萱草

身便有“解忧愁”的功效。《本草纲目》中记载，萱草的苗和花“性味甘凉，无毒、解炊热、利胸膈，安五脏，令人欢乐无忧，轻身明目”。《本草注》说：“萱草味甘，令人好戏，乐而忘忧。”李久华在《延寿考》中云：“嫩苗为蔬，食之动风，令人昏然如醉，因名忘忧。”这在现代医学中，也得到了印证，萱草花的确有镇静安眠作用。

此“忘忧草”名副其实也。

杨梅

先生在宁波老家的一个远亲，在余姚山上有一片杨梅园。于是时常在夏至杨梅成熟时唤上朋友一起去采摘杨梅。

一场雨后，太阳从云间跳出来，大家便提着篮子上山，走进了杨梅林。一颗颗杨梅像紫红灯笼一样挂在翠枝间，微微垂着头，让人垂涎欲滴。穿梭在杨梅林间，见到大颗紫红的熟透的杨梅，就毫不客气地轻轻摘下来，直接放进嘴巴里吃。啊！这才是杨梅最鲜甜的味道。而那些浅红色的杨梅，便是还未成熟的，需要小心翼翼避过，不去伤害到它们。杨梅的树不高，大多可以随手摘到，有一些需要爬梯子上去采摘。已过花甲之年的四叔，却依然有好身手，直接攀爬到杨梅树上采摘那些高处的杨梅。林间的土地上，有些杨梅因为熟透而坠落，染红了一片片草窠，看着直叫人心疼。

四叔告诉我，被阳光照射过的杨梅才甜。在我们到来的早上的晨雨之前，刚巧有那么几个响晴天，所以这天采的杨梅入口才这么甜美——油然而生被

楊梅

老天赐美的感激之心。

余姚的杨梅和慈溪等宁波其他地区的杨梅，同属荸荠种，颗粒不是很大，味道清甜。浙江温州、永嘉、乐清等地出产的丁岙梅和仙居出产的东魁杨梅也是上佳的品种。此外，苏州洞庭西山也有出产。

在装满杨梅的篮子上盖上几片叶子，装进自家的车里，快马加鞭运回上海来，有着“一骑红尘妃子笑”的紧迫。每年公公都会用新采下来的杨梅酿杨梅酒，后来我也开始学着做。为了保持新鲜，上午采摘好的杨梅，下午驱车送回上海，晚上便开始七手八脚挑拣、杀毒、入缸发酵。历经一个月时间的沉淀，鲜甜清冽的好滋味与米酒完美结合，形成醉人的琥珀色，每一口都有杨梅的馥郁果香。

《本草纲目》中记载杨梅具有“生津、止渴、调五脏、涤肠胃、除烦愦恶气”的功效。以杨梅泡酒，可以解除暑热，平衡人体酸碱度。公公告诉我，泡过酒的杨梅也不要丢，肚子痛的时候吃一颗，可以缓解拉肚子症状。吃过几次公公泡的杨梅，因为用的是高度数的白酒，吃一个便醉。我自己泡的是用日本清酒，味道则还好消受。盛一碗冰激凌，再加一颗酒浸杨梅做点缀，吃起来会别有风味。

杨梅酒的做法有两种。一种是纯粹以杨梅果肉发酵成果酒，一种是以酒浸泡杨梅为主。第一种因为不易发酵和保存，做的人不多；第二种比较简便，江南人家，年年乐此不疲洗手泡新酒。

［杨梅酒］之一

鲜杨梅一斤，白糖二两。将杨梅洗净，加白糖装入瓷罐中捣烂，加盖（不密封，稍留空隙），约 7–10 天，自然发酵成酒。再用纱布绞汁，即成约 12 度的杨梅露酒，然后倒入锅内煮沸，待冷装瓶，密封保存，时间越久越佳。

［杨梅酒］之二

将一斤杨梅用盐水浸泡 15 分钟后，用清水洗净，放置在晾架上自然晾干。把晾干的杨梅依次轻放至玻璃容器中，准备好三两冰糖，按一层杨梅一层冰糖的顺序码放，在码放好杨梅和冰糖的玻璃容器中倒入一斤白酒，白酒要没过杨梅 1–2 厘米。接着把盖子拧紧密封好，放置阴凉通风处，每隔三天可摇晃一下瓶子，酿制 15–25 天时就可以喝了。饮用前可冰镇一下，喝时的口感会更好。

茉莉

小暑

薄荷

菇茑

小暑，《月令七十二候集解》：『暑，热也。就热之中，分为大小：月初为小，月中为大。今则热气犹小也。』所以即便此时的暑气已经非常重，也还是可以在前头添一个『小』字，以示酷热程度尚未达到极致。

小暑有三候：一候温风至。温，暖也。南方火旺，温热之风至此而极矣；二候蟋蟀居壁。蟋蟀似蝗而小，黑色有光，如漆，有角翅，即今之促织，生于土中。《豳风·七月》：『七月在野，八月在宇，九月在户，十月蟋蟀入我床下。』这是说在小暑时由于天气炎热，蟋蟀离开了田野，安家到人类庭院的墙角下，以避暑热；三候鹰始挚。『鹰，鸷鸟，挚，犹搏也、击也。季夏之月，二阴既起，鹰感阴气而有杀心，故能搏攫他禽，所谓挚也。』

小暑，疏忽温风至，因循小暑来。木槿花荣，茉莉吐芳，薄荷散清凉。鱼儿嬉戏游浅底，断续蝉声传远树。林下青苔入书房，对坐夏风啜瓜瓤。偶闻雷鸣山前雨，时有热浪滚滚来。坐卧竹席摇竹扇，心静自然凉。

茉莉

夏夜，风凉，露台上的茉莉花的香，一层层渲染进整个房间。小孩子们在露台玩耍，我便会在钢琴前坐下来，弹一曲《茉莉花》。回旋婉转的音符，飘荡在夜空，牵起芳香四溢的夏夜之梦。

平凡的茉莉花，因为音乐的力量，让它在国际上与中国紧密联系在一起。只要茉莉花的音乐响起，人们便想起了中国的缱绻山水与旖旎花草。

最早与现代版本相似的《茉莉花》歌词，竟然可以追溯到明朝万历年间冯梦龙的《挂枝儿》。

闷来时，到园中寻花儿戴。

猛抬头，（见）茉莉花（在）两边排。

将手儿采一朵花儿（来）戴。

花儿采到手，花心还未开。

早知道你无心也，

花，（我也）毕竟不来采。

茉莉花的曲调，流传比较广的则有两个版本，一个版本旋律婉转飘逸，感情饱满；一个版本节奏轻缓，好像摇篮中的轻吟，在芬芳夏夜里伴着你入梦，这便是“巴罗版茉莉花”。十九世纪初，英国地理学家约翰·巴罗在途经广州时，第一次听到一个中国男子演唱这首歌。他当时记录：“我从未见过有人能像那个中国人那样唱歌，歌声充满了直白的感情。他在一种类似吉他的乐器伴奏下，唱了这首赞美茉莉花的歌。”随后，巴罗在十九世纪初出版的《中国旅行记》中记录了这首茉莉花的旋律，从此中国茉莉花的音乐，便传播到世界。

茉莉，木樨科素馨属，又叫香魂、奈花、木梨，相传是由波斯传入的。“花开满园，香也香不过它”，倒是真没有夸口。茉莉的花香，古人赞誉是“玫瑰之甜郁、梅花之馨香、兰花之幽远、玉兰之清雅，莫不兼而有之”的。

古代没有香水，花露之于寻常人家又过于名贵，小女子们便去向茉莉“借香”。“麝脑龙涎韵不作，熏风移种自南州。谁家浴罢临妆女，爱把闲花插满头。”“冰雪为容玉作胎，柔情合傍琐窗隈，香从清梦回时觉，花向美人头上开。”想那清清白白的茉莉花插在女子头上，人过处，散来甜馨清雅的芬芳，也真是动人心魄。

茉莉花儿插于发髻，固然明秀芬芳，却不易留存。更长久的借香，《本草纲目》中有抄录：“蒸油取液，做面脂和头油，长发、润燥、香肌，也可加入茗饮之中。”胡文焕的《香奁润色》中，则记载了一种名为“茉莉香油名罗衾夜夜香”的香油：“茉莉花新开者二两，香油浸。”搁到现在，茉莉精油已可以随处买到，也是各种名牌香水的主要配方之一。如果想尝试按照古方来自制茉莉香油，倒可借鉴。

古人风行花馔，茉莉花自然逃不过成为餐桌一景。最常见的是茉莉炒蛋，也可以用新鲜茉莉花煮茉莉花粥，还可焯熟凉拌。

北京的朋友来沪，一起吃饭，席间掏出随身携带的茶，那茶十有八九便是茉莉香片儿。中国人的花茶，就像中国的写意画，不在于形具，而在于神韵。福建的茉莉花茶，虽则被称为“茉莉花茶”，茶中却见不到茉莉花，只得了茉莉花的花魂——馥郁的芳香。饮茉莉花茶，闻香是最值得期待的环节，冲泡后静置片刻，便可以提起茶盏，揭开杯盖一侧，用鼻深深吸一口，再别过脸吐出去，顿觉得芬芳扑鼻的花香扑面而来，人仿佛置身于茉莉花园中了。

喝过非物质文化遗产继承人陈成忠老师的九窨茉莉花茶，沁人心脾的花香以强大的张力迅速占据满室和你的口腔鼻腔，始知“九窨”的功力之深厚。所谓“窨”，是指茉莉花吐香和茶胚吸香的过程。茉莉花具有晚间开放吐香的习性，茶人当天下午二时以后采摘茉莉花蕾，进行摊晾，挑拣，和茶胚混合到一起。待到晚上，茉莉花开了，不断地吐出香气来，茶坯便开始吸香，这时的茶内质发生了复杂的化学变化，泡出的茶汤从绿逐渐变黄亮，滋味由淡涩转为浓醇，形成特有的花茶的香、色、味。这样的一次过程，就叫作一窨。每隔三四天，才能进行下一次窨制。那么“九窨茉莉花茶”需要花费多少工夫？花茶的内质又经历了多少丰富的质变？细细思忖，暗暗折服。

从女子们花儿插满头，到茉莉精油，到茉莉花馔，再到茉莉花茶，感慨中国人为了从茉莉花儿上“借香”所花费的心思。这是一个被茉莉香气窨染过的民族，难怪当年的清代男子那样动情地演唱“茉莉花”。

茉莉

［茉莉花茶］

待茉莉花白色花苞开启并饱满时，用花剪把它剪下来。剪时要带着嫩枝一起剪下，这样可以促进新枝生长得更加茂盛。把剪下来的花积攒起来，放到盘中送入烤箱加热，三分钟后拿出，茉莉的香味已经渐渐飘出，便可冲泡饮用。

［茉莉绿茶］

选用上好的绿茶，用容器盛放在火上缓慢加热，至茶叶感到烫手时，凉后放入盒内备用。注意莫要过火变焦。采摘吐香正浓的茉莉花放入盒内，一两茶叶约需 10 至 20 朵花，与茶叶混合均匀，不要盖盖，使其自然完成茉莉花吐香与茶叶吸香过程。大约一整天时间以后，把花从茶叶中拣出来，再将茶叶于火上烘热去潮，冷却后即成茉莉花茶。焙干后的茉莉花留在茶叶内也可。如欲茶叶香气更浓些，以上过程可以反复进行若干次。

薄荷

薄荷就是造物神赐给人类的植物小凉伴。

夏天，在阳台养一盆薄荷。小小绿叶在晚风中摇曳，驱赶了夏日猖獗的蚊虫，风过处，阵阵清凉，身心舒爽。

薄荷很好养，给一点水，不要曝晒，便会枝生叶蔓疯长成一片。家养薄荷，可以成就许多饮食乐趣，最妙之处在那“随手可取”的不经意间。

薄荷清凉，做杏仁豆腐、抹茶布丁，随手到阳台揪下几片绿叶点缀，无论视觉还是味觉，都增添一抹凉意。毒热的夏天里，可以做一杯柠檬薄荷茶。在柠檬冰水中加入几片薄荷，一杯下去，暑气便消了大半。

《本草纲目》中说，薄荷可以“通利关节、发毒汗、除体内毒气、散瘀血、祛风热”。《本草新编》补充：“不特善解风邪，尤善解忧郁。”蚊虫叮咬，用薄荷叶子在蚊虫叮咬的包上揉搓，便可止痒，这可是天然的花露水呢。风热感冒，用薄荷煮一壶薄荷茶喝，帮助清内热。消化不良，煮粥时最后放几

薄荷

片薄荷叶，可帮助消化，促进食欲。晒干的薄荷叶还可以做枕头，有解暑气和安眠的作用。

造物神赐给人类“薄荷”这个小凉伴，也给了小猫“猫薄荷”这株逍遥草。查资料才知“猫薄荷”又名小荆芥，跟薄荷其实是远亲，跟香薷倒是更近一些。猫薄荷闻起来没有薄荷那么清凉，倒是让猫科动物癫狂。小猫闻了会产生幻觉、打喷嚏、翻滚、喵喵叫、发谵语，有时还会追逐幻想中的老鼠，有时则呆坐着空茫地瞪着眼。一丛猫薄荷足以让一群野猫东倒西歪，酩酊大醉。好在猫薄荷不会给小猫们造成任何危害，也不会让小猫们上瘾。就像一对儿冤家，小猫儿多了一棵植物界的逍遥伴儿，蛮好。

菇茑

东北长大的孩子，见到菇茑，便如同洞见童年时光。

菇茑，也被写作“姑娘”，正统的北方话发音，是略带儿化音的，更接近“菇娘儿”。另一个文雅名字，叫“酸浆”，早在《尔雅》中便有记载了。

菇茑长得可爱。皮，像夹在书本里的干树叶标本，软软的包成一个桃心形，捏起一只，隔着皮，便可以触摸到圆圆的果实藏在里面。剥开皮，果实就像小姑娘钻出黄纱帐，露出光洁的面庞，透过半透明的肌肤，可以看见一颗颗黄黄的籽。这时被剥开的外皮，就像极了她的羽翼。

咬一口有一种难以言说的醇香。有南方朋友第一次吃到，啧啧称奇，告诉我说有股小时候的西红柿的香味儿。不奇怪，菇茑正是茄科酸浆属植物，跟洋番茄还真的是近亲呢。

儿时的北方，还有一种火红如榴花的菇茑，果皮要比黄菇茑硬一些，味道格外酸，略涩，籽偏硬。来到南方后，能吃到黄菇茑已不稀奇，却是很少

菇
鳥

见到红菇茑，大概因为南方人吃不惯这种酸涩味吧。我却很喜爱这种味道，不亚于对黄菇茑的执着。因为红菇茑的果皮比较坚韧，所以小时候女孩子会把菇茑做成会发出哔哔声的小玩物。

先耐心地把红菇茑里面的果肉和籽掏空，剩下一个红色的空果皮，它好像一只小气球。掏果肉的时候，要格外小心，不要把菇茑的果蒂部的小洞口边缘撕破，不然这只小气球就吃不足力气，很容易碎裂开。把这只朱红的小皮囊放进嘴里，先运转舌头让小皮囊充满空气，然后再运转舌头挤压小气囊，菇茑皮就会发出“哔——”的声音。

这种事在我更小的时候，都是大姐姐们才做得好的。当年小黄毛丫头只能一脸崇拜地看着大姐姐们嘴巴里发出“哔——哔——”的声音。

去年，我先生不知道从哪里给我买来了红菇茑，看得我那叫一个欢喜，感觉好像遇到了儿时的玩伴。可是再让我做一只菇茑笛子，心境却怎么也不对了。

“哔——哔——”的声音只能回响在童年时代的记忆里。

大暑

荷花

西瓜

酸梅汤

大暑，一年中最热的节气。《月令七十二候集解》：『六月中……暑，热也，就热之中分为大小，月初为小，月中为大，今则热气犹大也。』热在三伏，大暑一般则处在三伏里的中伏阶段。

大暑三候：一候腐草为萤。陆生的萤火虫产卵于枯草上。大暑的头五天，萤火虫卵化而出，所以古人认为萤火虫是腐草变成的。这正是一年观赏萤火虫最好的时候；二候土润溽暑。大暑节气的第二个五天，天气闷热，阴气渐长，土地开始潮湿；三候大雨时行。大暑节气的最后五天，时常有大的雷雨会出现。这大雨使暑湿减弱，天气开始向立秋过渡。

大暑，小楫轻舟，梦入芙蓉浦，采得莲蓬归，案前坐剥莲子忙。帘外蝉声切切，帘内清茶氤氲。燎沉香，消溽暑。眼前无长物，窗下有清风。

荷花

“西湖七月，与友人相约去赏荷。曲院风荷处，断桥边，见那荷花花苞粉红面庞微垂，犹如美人酡颜。夏季的风拂过湖面，荷花在湖中一颤巍巍地摇曳，散来香风一片。”

苏州拙政园也有半池荷花。听一位建筑学老师说起，当年的园林设计师有心把水榭造在湖边荷花的下风处，夏日的风吹来，水榭上的赏荷人便浸身于一片荷香中，颇得四时之趣。

“微雨过，小荷翻。”从前从文人雅士的书房到太太小姐的闺阁，荷花给夏天的日子平添几许趣味。金农在《荷塘忆旧图》中曾自题词一首：“荷花开了，银塘悄悄。新凉早，碧翅蜻蜓多少？六六水窗通，扇底微风。记得那人同坐，纤手剥莲蓬。”友人的父亲在家里的湖塘便种了荷花一片。七月间，便寄来每天一大早采收的莲子，随着莲子寄来的，还有一枝莲花。于是我把莲花插起来，坐在窗下的书案前，就着白茶，慢慢剥着莲子吃。脱壳儿而出的莲子白嫩脆甜，一只一只地剥着，吃着，夏天最热的日子也这样慢慢消磨过去了。

沈三白《浮生六记》中记载:“夏月荷花初开时，晚含而晓放，芸用小纱囊撮茶叶少许，置花心。明早取出，烹天泉水泡之，香韵尤绝。”

农历六月二十四，是民间的“观莲节”，我会跑到花市买荷花插瓶，置于案前。随即取出新年的狮峰龙井和碧螺春，分别以纱布包了，置于荷花花苞里。这样放了一晚，第二天取出来，就地摆起暑日的茶席。以大的荷花瓣为茶则，以小荷花瓣为茶杯托，稍晾后的开水注入白瓷壶，激起融合了荷香的绿茶豆香，好一案清清凉凉的茶席。

“江南可采莲，莲叶何田田。鱼戏莲叶间。鱼戏莲叶东，鱼戏莲叶西，鱼戏莲叶南，鱼戏莲叶北。”这是幼时便背得滚瓜烂熟的乐府诗。旧时江南的夏日，荷塘中荡舟的采莲女，便是庄子的逍遥风范。

想起另外两首乐府诗歌，一是南朝乐府《西洲曲》:“采莲南塘秋，莲花过人头。低头弄莲子，莲子青如水。”一是六朝乐府中的吴声歌曲《子夜秋歌》里的“乘月采芙蓉，夜夜得莲子”。这里的“莲子”谐音是“怜子”，语意双关，说的是采莲女子对爱人的深情告白。那一时期的古人喜在诗歌中用谐音隐语，却因此把男女情事述说得委婉而朴素，真是不知比现在一句直白的“我爱你”高明多少。唐朝王昌龄的《采莲曲》中写道:“荷叶罗裙一色裁，芙蓉向脸两边开。乱入池中看不见，闻歌始觉有人来。”相对乐府诗歌，唐诗少了谐音的隐晦之美，却也多了另一种“闻声不见人”的美妙意趣。

前面列举的是江南水乡的采莲风情，说到文人对莲花的解读，不能不提起读书时代就烂熟于心的周敦颐的《爱莲说》:“予独爱莲之出淤泥而不染，濯清涟而不妖，中通外直，不蔓不枝，香远益清，亭亭净植，可远观而不可亵玩焉。”我也颇喜爱李商隐的“惟有绿荷红菡萏，卷舒开合任天真”。一个“卷舒开合任天真”颇有道家风范。

荷花，是莲属两种植物的通称。中国人赋予它们的名字很多——莲花、芙蕖、菡萏、水芙蓉等。《本草纲目》中说荷花、莲子、莲衣、莲房、莲须、莲子心、荷叶、荷梗、藕节等均可药用。荷花能活血止血；莲子能养心益肾；荷叶能清暑利湿、减肥瘦身；荷梗能通气行水。每年夏日，我会调配一款“荷花饮”，以荷花花瓣、荷叶、莲子心为原料，夏日以沸水冲饮，激起淡淡荷香，既可消暑养心，又可瘦身降脂，亦可活血美颜。每逢酷暑，清泡一杯荷花茶，坐在窗前品饮，乃盛夏一美事。

苏州人擅以肉和粉裹上鲜荷叶，隔水蒸熟，肉与粉便尽染荷叶香气，这便是闻名遐迩的粉蒸肉。广东人则用荷叶包裹着饭和杂鱼肉蒸熟，让米饭充满荷叶香气，这是岭南的荷叶包饭。清末《羊城竹枝词》旦有诗云：“泮塘十里尽荷塘，姐妹朝来采摘忙，不摘荷花摘荷叶，饭包荷叶比花香。”

说来，荷花也是最早应用于插花中的花卉。插花始于六朝，源于佛前供花。因为在佛教中的特别含义，荷花常常出现在插花兴起之初的花器中。荷花、荷叶、莲藕和莲实都可以为插花素材。碗、盘、罐、立式长方陶器皆可以为花器。以荷花为主，莲蓬为使，荷叶为客为妙。

盆荷、碗莲，也很早便出现在文人贵族的私家庭院中。郑逸梅先生在《花果小品》中说：“荷植诸缸中，藉以点缀庭院，隔帘望之，清绝入画。”这倒让我想起某年夏天一个午后，坐在杭州富义仓的咖啡厅，隔着窗望向空旷的青石板庭院，庭院中正有一缸荷花，进入窗子未成的画框，甚美。

戊戌年六月，有缘到杭州观礼从京都远道而来的日本国宝级花道师珠宝花士佛前供花，珠宝老师便是选择了六月绽开的白荷花、白荷花花苞、荷叶、榴花等花材。当立花完成，老师将花器旋转，将正面面对我们的时候，我的

荷花

眼前一亮。眼前的花草或直立，或斜伸，如花在野，富有层次，一时错觉那朵白荷花是对着我们笑的。能每日与花草对话，与佛对话，想来这是多么令内心丰盈宁静的事。

荷花与佛教有着不解之缘。《佛陀本生传》中记载，释迦佛出生时向十方各行七步，步步生莲花，并有天女为之散花。我在印度的菩提迦耶主庙礼佛，当地信众便是以睡莲敬献于金色佛像前。小时候看西游记，看佛祖和观音菩萨，会奇怪莲花那么小，佛和菩萨怎么坐得进去？长大翻阅资料，才知这里的莲花为天上之花，与人中之花有别："人中莲花大不过尺，天上莲华大如九车盖，是可容结跏趺坐。"甚至在一些经典里，众生可以借由"莲花化生"，乘着莲座进入净土。

无独有偶，道家经典《太乙救苦护身妙经》中也描述："救苦天尊步摄莲花，法身变化无数……"

崇拜太阳的埃及王国，也出现了太阳神以童子之姿坐莲花之上的图案。

也许，荷花真的是佛土与天界的仙葩吧。人间亦有，伴我们四时风雅，真是幸事。

西瓜

某年大暑，和女友不知哪来的兴致和勇气，顶着毒辣日头，在苏州东山的陆巷闲逛。白晃晃的石板小路映得人眼花，没几步便快被晒成咸鱼干。路遇一茶室，坐下避暑气。茶室的老板——一位老伯伯，便说：“天热，给你们弄个西瓜吃吧。”出门片刻，回来就捧上一盘切好的西瓜：“刚从井里捞出来的，尝尝看。”

沁过井水的西瓜鲜活冰凉，完全不是平日冰箱里冰过的西瓜的僵冷，几口下去，唰的一下凉澈到心底，暑气已去了大半。

“下咽顿除烟火气，入齿便作冰雪声。”这便是文天祥所描述的吃瓜的境界。我们如今的西瓜大多不得时令，平日放在冰箱里冰镇也不得要领，凉是冰凉，但那清新鲜活的水汽也被破坏了，吃到的只是冻僵了的冰凉。身为建安七子之一的刘桢在《瓜赋》中早有说法，好瓜摘下来后，要“投诸清流”，让西瓜在清澈的溪水中“一浮一藏”，使得清凉遍侵瓜皮。在江南乡间，倘若不临溪水，便可浸在井水中。即使在最毒热的暑天，井底依然会将来自地底

西瓜

的阴凉透入西瓜。

西瓜姓“西”，因它来自西域。五代人胡峤的《说郛》中记载西瓜是破回纥得到的种子。越是干旱酷热，西瓜就越甜美，雨水多瓜反而不甜了。于是毋庸置疑，西瓜在它的故乡新疆一定更为甜美。民歌有证：“达坂城的石路硬又平呀，西瓜大又甜。”

江南亦有西瓜，喜长在沙土之中。“深蓝的天空中挂着一轮金黄的圆月，下面是海边的沙地，都种着一望无际的碧绿的西瓜。”学课文学到鲁迅的《少年闰土》这一段，甚是向往。

住在上海，也有近水楼台的口福，那便是8424品种的西瓜。因为是1984年2月4日在上海原南汇育种成功的，故名。8424皮薄、汁多、甘甜、爽口，大小适中。每到上市季节，全城大快朵颐。

想起来有一年，和女友带着小孩儿去杭州良渚参加夏令营，路上买来一只大西瓜。破开吃，留下半个瓜皮，扣在小朋友的头上，做成个西瓜帽。小朋友戴着西瓜帽童稚可爱的笑脸和大家嬉笑的声音犹在眼前和耳畔，成了那个夏日最闪亮的片段。

吃过西瓜瓤的西瓜皮别扔，这是可以入馔的。直接去了绿皮，切段，清炒来吃，比冬瓜皮肉紧实，有咬紧，清香四溢。还可以用盐渍了，佐粥吃，更为清淡。西瓜皮性凉，可以治喉咙痛。郑逸梅《花果小品》中另记述了一则西瓜鸭的做法。

[西瓜鸭]

剜去西瓜瓤，把鸭子放在西瓜皮中蒸煮，腴美清香。夏日作为家常菜，无上妙品。

酸梅汤

大暑天最酣畅淋漓的事，莫过于喝一大杯冰凉镇齿的酸梅汤。

每年暑天，我都会为家人熬煮酸梅汤，冰在冰箱里，想喝的时候盛上一碗红澄澄的汤水，撒上几朵桂花，一碗下肚，暑气全消。那冰爽甘醇的口感，真是远比西方舶来的可乐好喝太多。

酸梅汤算是中国古老的饮料之一。古籍中所载“士贡梅煎”，许是最古老的酸梅汤。我们如今的酸梅汤配方的来历，有两种说法。一说是来自明朝开国皇帝朱元璋，一说是来自清朝乾隆时期的宫廷。

满族人兴起于白山黑水之间，靠狩猎打鱼为生，多吃肉食，所以发明了“酸汤子”这种用玉米面发酵后的食物来解油腻。后来，酸汤子被带到了北京城。酸汤子糖分高，过剩的糖容易转化成脂肪，存于体内，造成体重增加。常食热量较高的鹿肉、熊掌之后再喝玉米面做的酸汤子，容易使体内外的湿热相搏，增肥长胖。于是御茶坊绞尽脑汁，终于调制出了能替代酸汤子的饮

酸梅湯

品——酸梅汤。其配方为：去油解腻的乌梅，化痰散瘀的桂花，清热解毒、滋养肌肤的甘草，降脂降压的山楂，益气润肺的冰糖一并熬制。酸梅汤一问世，就受到了乾隆皇帝的喜爱。

《红楼梦》第三十四回中，贾宝玉挨了老爸的打后，众人心急如焚时，宝玉“只嚷干渴，要吃酸梅汤”。曹公生在明末清初，可知酸梅汤当年已经在王公贵族中流传开了。

在北京长大的孩子有着许多这样的童年记忆。除午睡后听到蝉声外，还有金属敲击的“铮——铮——”的声音，便是兜售酸梅汤的老太太敲小青铜碗儿沿着胡同来叫卖了。那时候小朋友零花钱不多，可以买的零食屈指可数，酸梅汤就是一个。还会把牙膏皮拿出来卖，换酸梅汤喝。可惜没过几年，北京胡同里叫卖的小贩子就渐渐消失了。旧时酸梅汤的摊子还会插着一根月牙戟，这月牙戟是有特别含义的，表示这锅酸梅汤是夜间熬得的。北京以酸梅汤为主的老字号，如今尚存的有“信远斋”。据说当时的信远斋的酸梅汤是在半夜里熬得后，放在白底青花的大瓷缸里，再镇在绿漆的老式大冰桶里，到第二天上午出售时，酸梅汤就冰凉镇齿了。还有天桥“邱家”、西单牌楼“路遇斋”、东安门丁街“遇缘斋”、前门外“九龙斋”，都曾名噪一时。

从宫廷流传开的老北京的酸梅汤的基本原料是乌梅、山楂、桂花、甘草、冰糖这几种材料。《本草纲目》说：“梅实采半黄者，以烟熏之为乌梅。”乌梅能够除热送凉，安心止痛，甚至可以治咳嗽、霍乱、痢疾。《白蛇传》里的白素贞便是用乌梅辟瘟疫。配合所有食材，酸梅汤便有消食合中、行气散淤、生津止渴、收敛肺气、除烦安神的功效。

苏州也有一些酸梅汤的老字号，当中以百年品牌“采芝斋”最有名气。采芝斋的酸梅汤制作了三十多年，一直是经久不变的老配方：乌梅、红糖、桂花、生姜。和传统的北京酸梅汤方子比，最大的不同是多了一味生姜。这是酸梅汤方子“入乡随俗”的有趣变化。水乡苏州湿气重，到了夏天，人的身体更容易聚集湿气，很容易诱发消化道疾病，这生姜正是用来对付这湿气的。

曾经在闹市街头和餐馆点酸梅汤喝，结果喝到一股勾兑出来的糖精味儿和添加剂的味道。我自小脾胃虚弱，对添加剂的味道特别敏感，喝下那口的滋味真是让人大倒胃口。后来从事传统饮食行业，自己精心挑选没有硫黄熏制的安全食材，自己熬煮，才终于喝到了那口醇厚酸爽的味道。那是一种富有层次的韵味，先是甘草的甜，转而是乌梅山楂的酸爽。那种味道令人感动——你待食物有诚意，食物终予你回报。

我在夏天会拼配两款酸梅汤，一种源自于北方，味道比较醇厚。主要配方为山楂、乌梅、乌枣、甘草、陈皮、豆蔻、冰糖、桂花。因多了养胃健脾的乌枣和豆蔻，这一款适合脾胃虚寒的人饮用。另一种源自台湾，味道比较清爽。配方为乌梅、山楂、甘草、洛神花、桂花。洛神花微寒，因此这一款适合内热体质和南方需要消暑的人饮用。

[老北京酸梅汤]

将山楂、乌梅、乌枣、甘草、陈皮、豆蔻、冰糖按照适当比例放入水中，砂锅煮开后小火煮30分钟，冷却后，撒入桂花饮用。剩余酸梅汤可置于冰箱冷藏，一两天内喝完。

葡萄

立秋

黄瓜

立秋，秋天的第一个节气，标志着孟秋时节的正式开始。梧桐开始落叶，一叶知秋凉。立秋，七月节。立，始建也。秋，揫也，物于此而揫敛也。

立秋三候：一候凉风至。从立秋开始，风已不同于暑天的热风了。刮风时，气流中隐约带着股凉意，尤其是晚上的风，会让人感觉到凉爽；二候白露生。立秋节气的第二个五天，大地上早晨会有白色露水产生；三候寒蝉鸣。立秋节气的最后五天，蝉也开始鸣叫了（古人认为蝉感阴而鸣，故称寒蝉）。

立秋，一叶知秋，入夜起凉风。塘头荷花残卷，田野白露生。明月如霜，瓜果待熟黄。

葡萄

喜欢吃葡萄。最喜欢咬破葡萄皮，一口将整颗果肉吸吮进嘴巴的那一瞬间的感觉。会有把最醇厚清冽的酸酸甜甜的葡萄汁水一股脑吸进嘴巴，再用舌头和唇齿细细嚼磨果肉的韧劲。

汪曾祺曾经写过一篇《葡萄月令》，详细记述了一年中把葡萄从窖里挖出来，到上架，直到最后入窖的过程。“下过大雨，你来看看葡萄园吧，那叫好看！白的像白玛瑙，红的像红宝石，紫的像紫水晶，黑的像黑玉。一串一串，饱满、磁棒、挺括，璀璨琳琅。你就把《说文解字》里的玉字偏旁的字都搬了来吧，那也不够用呀！”汪老的落笔真是形象生动。

我也去逛过葡萄园。一个酷暑天，从苏州东山回来，路过一片夏黑葡萄园。友人说，去摘葡萄吧。结果被农人带到被大棚圈起的葡萄园时，因为天热人蔫，并没有提起多少兴致，那黑不溜秋的葡萄串儿也并没有汪老的文字写得那么美妙。我说，不摘了。于是偷懒，直接跟农人拿了采摘好的几大串，和女友捧在怀里，坐在车上开始吃。一入口，整个人才振奋了起来。刚采摘

葡萄

的葡萄真是好甜好爽咧啊。平时在超市哪里吃得到这个味道。

上海北郊的马陆镇也产葡萄，品种多为巨峰。巨峰葡萄果皮厚，果肉软，味甜多汁，有草莓香。夏黑葡萄算是巨峰葡萄的后代。无核，特别甜，肉质细脆。

我的故乡通化盛产葡萄酒，这得天独厚于长白山的野生葡萄。野生葡萄果子比寻常葡萄小，却比寻常葡萄甜。尤其每年霜打过后，更加甜美。通化葡萄酒的老厂历史可以追溯到伪满洲国时期，出产的葡萄酒便一直被列为国宴用酒。

长大后，离开了故乡，开始学喝西方的葡萄酒。每天睡前会浅酌一杯。在法国南部旅行时，见到了那里美丽的葡萄酒庄园。阳光下的葡萄田散发着蜜一样的气息。斟一杯酒，轻摇，闻香后，啜饮，让红酒在口腔内多停留片刻，在舌头上打两个滚，便觉一股花果幽香萦绕唇齿间。

先秦时期，葡萄种植和葡萄酒酿造在西域盛行。西汉张骞出使西域，把葡萄和葡萄酒都带回了中原，也开始架起葡萄架，种植起了葡萄，酿起了葡萄酒。王翰的《凉州词》说："葡萄美酒夜光杯，欲饮琵琶马上催。醉卧沙场君莫笑，古来征战几人回。"李白的《对酒》诗云："蒲萄酒，金叵罗，吴姬十五细马驮。"陆游云："菡萏花迎金板舫，葡萄酒泻玉壶浆。"沙场，筵席，独酌，都少不得这来自西域的液体玛瑙。

［葡萄酒］

先将葡萄大致冲洗，注意不要洗掉葡萄皮上的白霜，白霜是天然的发酵剂，把它洗没了会不好发酵。把葡萄晾到表面没有生水后，将葡萄撕揉碎，连皮、籽一起装进坛子或者玻璃瓶，装到7成满时，按照葡萄与白糖5：1的克重比例，放入白糖，搅拌均匀，盖上盖子。发酵时，会产生大量气体，切忌装太满，以免把宝贵的葡萄酒汁溢出。将装好葡萄的发酵器放在阴凉通风处，葡萄装入发酵器后，大约会在12个小时以内开始发酵，表现为葡萄汁中有较多气泡产生。待发酵结束，用纱布将酒液滤出，将皮汁分离，葡萄美酒即成了。

黄瓜

八月到碧山，看见黄瓜花儿攀在墙上，对着青瓦屋檐，开得正好。这让我也想起老家的黄瓜花儿了。黄澄澄的，攀爬在支架上，探头探脑。到了初秋，花儿的尾巴上便垂下绿色的小辫子，没多久小辫子越长越大，变成了大黄瓜。

在我的故乡，黄瓜主要有旱黄瓜和水黄瓜两种。旱黄瓜长得要圆头圆脑一些，表面没有一粒一粒小疙瘩，微呈现果子成熟后的那种淡黄色。表皮有些干，咬一口，水分没有那么大，但有种蜜兰香一般的甘甜。怎么吃好吃？当水果一样生着吃。

水黄瓜呢，则要更细长一些，深绿色，表面凹凸不平，长着一粒粒小疙瘩。表皮更水嫩一些，咬一口，水分很大，一股子嫩黄瓜的水灵灵的清香，还有一种微微的涩嘴的感觉。瓜里的籽儿半透明地藏在里面，在牙齿间瘙痒你的舌头。怎么吃好吃？生吃或者蘸东北大酱吃。

黄瓜

长大以后，黄瓜再也不是童年的味道。从此就没有了生吃黄瓜的乐趣了。

黄瓜属葫芦科一年生蔓生草本植物，本名叫胡瓜。胡瓜姓“胡”，是因为传说是汉朝张骞出使西域从胡人那里带回来的。胡瓜更名为黄瓜，还有这么一个小故事。说后赵王朝的建立者石勒，很不爽人们称呼羯族人为胡人。于是石勒颁布了一条文字狱法令：无论说话写文章，一出现“胡”字，违者问斩。一天，石勒召见地方官员，看到襄国郡守樊坦穿着打了补丁的破衣服来见他，劈头就问：“樊坦，你为何衣冠不整就来朝见？”樊坦慌不择言地答道：“这都怪胡人没道义，把衣物都抢掠去了，害得我只好褴褛来朝。”他刚说完，就意识到自己口出大逆之言，吓得扑通一声跪倒在地上谢罪。这个石勒呢，也不是一个小肚鸡肠的人，不再追责。只是等到召见后的例行“御赐午膳”时，石勒又多了个心眼儿，指着一盘胡瓜问樊坦：“卿知此物何名？”樊坦看出这是石勒故意在试探他，便恭恭敬敬地回答道：“紫案佳肴，银杯绿茶，金樽甘露，玉盘黄瓜。”石勒听后，满意地笑了。从此胡瓜便姓“黄”了，我却不免对此有微词，这樊坦是色盲吗？黄瓜哪里便是“黄”色呢？分明是碧绿色嘛。如果当时随口说的是“玉盘翠瓜”，翡翠的翠，岂不是与“玉”更对应，也更贴切？

说起黄瓜的烹饪，我是爱不起来烹熟了的黄瓜的。因为这时的黄瓜少了本来的鲜，多了一种熟了的黄瓜特有的奇怪气味。除非是与紫苏同炒，紫苏可以消除黄瓜的气味，并提起紫苏的异香。

我是“生吃黄瓜派”。除了直接当水果空口吃，在东北，黄瓜可以做成一道有名的凉菜——东北大拉皮。这是极其考验刀工的一道菜。黄瓜切丝，配上干豆腐丝、葱丝、粉皮、红辣椒丝，摆成绽放的花形，淋上糖、醋、酱油，味道清爽鲜美，夏日食之最为畅快。

也可以直接用菜刀拍碎黄瓜，拌上蒜泥和盐巴，夏日里捧起一盘吃，也真心是一道消暑的美味。

凤仙花

处暑

玉米

处暑，一度暑出秋始来。『处』含有躲藏、终止的意思。『处暑』表示炎热暑天结束了。《月令七十二候集解》说：『处，去也，暑气至此而止矣。』『处』是终止的意思，表示炎热即将过去，暑气将于这一天结束。

处暑有三候：一候鹰乃祭鸟。处暑第一个五日中老鹰开始大量捕猎鸟类；二候天地始肃。第二个五日天地间万物开始凋零；三候禾乃登。第三个五日，稻子高粱等开始成熟。『禾乃登』的『禾』指的是黍、稷、稻、粱类农作物的总称。『登』即成熟的意思。

处暑，一度暑出天渐凉，稻子泛黄秋始来。山中汲泉沏乌龙，竹亭对坐赌茶欢。披星戴月荷笠归，萤火点点绕田畔。

凤仙花

凤仙花，是儿时的花草中最有趣的玩伴。

凤仙花不起眼，花儿像蝴蝶，有深红，有粉白，带着一根细细的尾巴，开在田野间，小路边。

虽不起眼，凤仙花却有说不尽的趣味，主要有三。

其一，女孩子最喜欢。凤仙花可以染红指甲，我们也叫它“指甲花”。先把凤仙花花瓣用石头捣碎，再用花汁耐心地一遍一遍地染指甲，指甲就变红了。那种红是渗透在指甲盖里面的，在阳光下散发好看的光泽，手指动动，好像花瓣在飞舞。

其二，凤仙花有甜甜的“花蜜”可以吸。把凤仙花轻轻地摘下来，用牙齿咬断花朵后面的小尾巴，细细吸吮，便吸到一丝丝合着露水的花蜜。对于小时候的我来说，这一口甜蜜让人满足，禁不住要眯眯笑起来。

其三，花谢后凤仙花的籽儿，卷曲成一团，只要轻轻一碰，好像一个臭脾气的小炸药桶，四处迸裂开来。越是脾气臭，越要惹得小孩儿们戳它。也因此，凤仙花的种子便有个名字，叫“急性子”。据说在煮肉、炖鱼时，放入几粒“急性子”，肉会更容易烂、骨头会更容易酥。大概是急性子性子急，着急让大家吃上肉吧。

凤仙花，顾名思义，因花头、翅、尾、足像极了凤凰，被比作了凤凰仙子。明诗人瞿佑有诗云：“高台不见凤凰飞，招得仙魂慰所思。”便是把凤仙花比作凤凰的仙魂。凤仙又名小桃红、指甲花、菊婢。生命力强，随便在墙角田野就可以长得很繁盛。虽说不是特别名贵的奇花异草，翻翻古籍，还是有闲人为它写花谱的。清代人赵学敏的《凤仙谱》记载了二百三十多个品种的凤仙花。花有单瓣、重瓣之分，稍微名贵的品种，有“顶头凤、十样锦”等等。即便这样，古人还是把它列为“贱品”，被称为“菊婢”，发配给了菊花做丫头。

想起民国传奇女子小凤仙来，虽地位如那凤仙花般轻贱，却终是美谈。本是没落武官之女，父母死后辗转到北京胡同卖唱，遇到了被袁世凯困在棉花胡同的大将军蔡锷。蔡锷觉得小凤仙虽然沦落风尘，却出语不俗，于是引为知己，还为小凤仙写了一副对联——“自古佳人多颖悟，从来侠女出风尘”。从“侠女”二字可以看出，蔡锷不仅仅把小凤仙看作儿女情长的风尘女子，而是有着侠义精神的革命伴侣。蔡锷因为小凤仙与妻子和蔡老太太在家中闹个鸡飞狗跳，扬言要把小凤仙接回家，蔡老太太和蔡锷的妻子一怒之下离京南下。袁世凯听到了消息，觉得在云南风云一时的蔡锷将军不过如此，大大松懈了对蔡锷的戒心。过了不久，蔡锷便借着和小凤仙游玩之名，逃出了北京。人们这才恍然大悟，这是他们母子、夫妻，还有小凤仙使出的一计苦肉计。蔡锷回到云南与革命党结合，起义反袁，促成了二次革命成功。蔡锷和小凤仙的故事一时成为佳话。

鳳仙

古时女子用凤仙花染指甲，会把花瓣和叶子捣碎，加入少许明矾，用树叶包在指甲上，系上丝线，第二天早晨除去，纤纤玉指便能染上一片绯红。第一次染颜色会淡一些，再染三五次，便会犹如胭脂。元代人杨维桢有两首咏《凤仙花》的诗，其一云："金盘和露捣仙葩，解使纤纤玉有暇。一点愁凝鹦鹉喙，十分春上牡丹芽。娇弹粉泪抛红豆，戏掐花枝缕绛霞。女伴相逢频借问，几番错认守宫砂。"其二云："金凤花开色更鲜，佳人染得指头丹，弹筝乱落桃花瓣，把酒轻浮血斑斑。"好一个"弹筝乱落桃花瓣"，弹筝时手指翻动，指甲上的点点粉红，好似桃花瓣落英缤纷，真是形容得妙。

玉米

小学的时候去住在农村的同学家里玩，她们家田里种着大片玉米。玉米田中，有一些玉米秆儿是不结玉米的。把这样的玉米秆拗断剥了皮啃，味道犹如甘蔗，特别甜。结玉米的玉米秆儿呢，就味如嚼渣了。这个重大发现，令我在夏日的阳光下眯着眼睛站在玉米地里许久许久，嘴里嚼着甜玉米秆儿，真是童年开心的记忆。

玉米，又叫玉蜀黍。在我的故乡又叫苞米、棒子、苞谷。到了南方，知道它还有当地人口口相传的其他名字，粤语叫作粟米，闽南语叫作番麦。

故乡东北黑土地盛产玉米。从小便爱吃各种以玉米做的食物。窝窝头是用玉米面做的一种像馒头一样的面点，下面有一个小窝窝。窝窝头不发面，所以口感有些粗硬，但是细细嚼来，却有着白面馒头没有的特别香气。大碴子粥，便是用玉米磨成的大颗玉米粒子熬煮成的粥。绵软的粥汤中混合着一粒一粒黄澄澄的玉米粒，特别香甜可口。小碴子粥，则是用更细一些的玉米粒熬成的粥，口感更加绵软。大碴子粥、小碴子粥，可谓离开故土后最想念

玉米

的家乡味道。

在东北，玉米面还可以做成酸汤子。把玉米面发酵，挤成一条一条，煮来吃，味道酸酸的，这是满族人的传统饮食。从前的满族人以打猎捕鱼为生，吃得比较油腻，便靠酸汤子来化解肠胃中的油腻。

糯玉米也是我的挚爱。在我的故乡又称黏玉米。煮熟的糯玉米颗粒有点半透明，口感黏软，也有一种格外清雅的香气。甜玉米也好吃，刚来南方，特别稀奇，曾经傻傻地以为是用糖煮熟加工过的。怎么会那么甜？甜玉米煮汤极好，公公喜欢把甜玉米剁成一节一节，和排骨、老鸭等一起熬煮个几小时，汤头就变得格外鲜甜。

白露

牵牛

山核桃

鸡头米

白露，天气转凉，清晨的露水随之日益加厚，凝结成一层白白的水滴，所以就称之为白露。据《月令七十二候集解》对「白露」的诠释：「水土湿气凝而为露，秋属金，金色白，白者露之色，而气始寒也。」

白露有三候：一候鸿雁来。鸿与雁，是两种鸟，按照古人的说法，鸿大雁小。鸿雁二月北飞，八月南飞；二候玄鸟归。玄鸟，就是燕子。燕子是春分而来，秋分而去。它是北方之鸟，南飞带来生机；三候群鸟养羞。「羞」同「馐」，是美食。养羞是指诸鸟感知到肃杀之气，纷纷储食以备冬，如藏「珍馐」。

白露，竹竿摇，打核桃，满地金，扁担挑。芦苇荡起千层浪，鱼儿逐叶知仲秋，竟室有凉风。醇和不过白露茶，甜糯不过白露酒。

牵牛

儿时老院子的篱笆下，种着牵牛花。每到夏天，牵牛花就爬满了篱笆。蓝的、粉的、紫的、桃红的，吹着小喇叭。

牵牛，一年生缠绕草本，也叫喇叭花，夏秋开花。牵牛花的种子是黑色的圆球形籽儿，可以入药，在中医里被称为“丑牛子”。

记忆中的牵牛花最好玩儿的是，凌晨才含着露水绽放，白天大太阳下，便会蜷缩起花瓣躲太阳去了。小时候，我会搬着板凳坐在牵牛花前，托着腮仔细看牵牛花蜷缩花瓣的过程——先是和着露水卷起一个角，慢慢往花心里收，接着一整个花瓣都朝内卷起来，好像一个怕晒的娇气小姑娘。

清湘绮老人这样说它：“牵牛花者，蔓生蒙笼，不任盆盎之玩。待晓露而花，见朝日而蔫，虽无终朝之荣，而有连月之华。”

八月在碧山，未见牵牛花。待到九月，小熏说碧山已是牵牛花的天下。村路旁篱笆上爬满了花，供销社的姑娘们采来，随意插进陶罐里，

牵牛花

牵牛便拗出各种低垂、探头、斜曲的姿态，煞是可爱。赶紧借图描画，记录下这汇报秋天来临的花之使者。

少年时读《源氏物语》，读到“朝颜”，掩卷思忖这是一种什么花儿。在京都天龙寺游玩，揭开了谜底。偶遇一株植物，小牌子上标示着“朝颜”。嗨！原来就是大号的喇叭花嘛。回家查阅资料，果然日本朝颜花和牵牛是同宗，也被称为“大花牵牛”，在日本栽培最多。猛地反应过来，“朝颜”，早上的容颜，这不就是在说朝颜花同我儿时再不能更熟悉的牵牛花一样，皆是在清晨盛开。

有朝颜，便有夕颜。朝颜是清晨开花，傍晚花闭合。夕颜是黄昏开花，清晨花闭合。

我知道了，你们许是怕初秋的晨烟暮霭中的人们太寂寞，才说好了轮班陪伴我们的，对吗？

山核桃

“白露到，竹竿摇，满地金，扁担挑。”

每年到了白露节气，杭州临安的山核桃就开杆采收了，临安的乡人迎来了又一年黄金季。新山核桃在白露后才算真正的成熟，这是当地人几百年来总结下的自然规律。为了保证果子的成熟度，临安政府规定，山核桃统一在白露开始采摘。在这之前是开放日，只准捡掉落在地上的，不让乡民用竹竿敲打。初从临安的朋友那里听到当地政府这个政策，甚是快慰。为的是古人对二十四节气物候的遵守，如今又重新被今人重视起来了。

山核桃开杆后，临安就变成了一座空城。交通不堵，人气不旺，沿路商铺大部分关门。许多公司单位职员请假，请假条内容是“回家打山核桃”。

山核桃打下来需要一天。去壳挑子，需要一到两天。晒太阳，需要三到四天。再炒一到两天。到了接近秋分的光景，就可以上市了。山核桃仁则要晚一两天的时间。这里每一个步骤都有繁复的人工，凝结着当地农人的辛苦。

山核桃

临安的山核桃比普通核小一些。第一次吃到临安的山核桃仁，便深深被折服了——香、脆、咸、鲜，一开袋便停不下来。中医有个理论，叫“食岁谷”。秋季万物逐渐萧落，植物纷纷把精华之气注入种子，为来年的生机勃发储备能量。这个时间多吃一些种子食物，和大地一起储存精气，来年才更好地生发。小小核桃便也储存了满满能量，多吃可以补脑益肝肾。

为什么临安的山核桃比一般坚果贵许多？产地局限性强，加工工序复杂，这些都不是主要原因。山核桃真正贵，是因为它太难采摘了。在我想象中，那核桃树两人高便了不起，直到朋友发给我一张当地乡人采核桃的照片，我才瞠目结舌，叹为观止。那核桃树，竟足有七八层楼高，一名当地农人在没有任何保护措施下，站在接近树顶端的枝条上，手持竹竿，在打着核桃。赞叹他的平衡能力和勇气，怎么可以在那样高那样细的树枝上踩得那么稳？

可是明知是危险作业，每年的白露时节，当地人依然前赴后继地去上山打核桃，这里有对当地传统美食的一种秉承和坚持，更多的，也许仅仅是生存的需要。

想到这些，不免心酸起来。

鸡头米

秋天到苏州，必定要点一份鸡头米吃。白露的鸡头米最肥嫩。清白汤水里的鸡头米，浑圆可爱，盛起一勺吃来，软软糯糯，咬劲十足。

鸡头米，其实就是芡实种子里面的白色种仁。这白白胖胖的小米团儿为什么会被称为“鸡头米”？直到有机缘看到芡实刚采出来的果实，才恍然大悟。原来那芡实果黑咕隆咚，上方有个突起形如鸡嘴，整个芡实果就像一个惟妙惟肖的鸡头嘛！剥开芡实果，里面是橙黄色的种子，再打开那种子的橙黄色的壳儿，里面才是白白胖胖的鸡头米。《长物志》里，文震亨这样描述：“芡花昼合宵展，至作房如鸡头，实藏其中，故俗名鸡豆。”鸡头米最早八月上旬上市，最肥嫩的阶段，则要等到八月中旬到九月初，第四茬、第五茬采摘的才最好。

芡又是什么？芡和睡莲是近亲，睡莲科芡实属，长在水里，叶子有点像睡莲，平展展地铺在水中，可以把整个池塘铺成碧绿一片。芡夏天开着紫色花朵，也有开红花和白花的。

雞頭米

采摘芡实的时候，水乡人会以芡实的植株为中心，用竹刀在叶子上划一个圆，然后将拳头大小的芡实的果实拉出水面，在根上划两刀割下来，放入竹篮里。

剥芡实也是一个苦差。芡实壳很厚，剥久了指甲会痛。苏州人动动脑筋，发明了一种铜指甲，街头会看到农人戴着这种铜指甲来现剥现卖。嫩一点的芡实，可以直接用铜指甲剥开，老一点的，就必须要上钳子了，或者用水煮过以后用木槌锤散开。

鲜鸡头米不易保存。从前像我这样的外地人很难吃到最新鲜的鸡头米。好在如今有冷运，可以把鸡头米装入水袋中，带水速冻保鲜，长途运输到各地，冰到冰箱里，一年四季都可以吃到鸡头米了。一连两年，我的鸡头米便是这样吃到的。

鸡头米晒干了便是中药材中的芡实，是补益脾胃的名药。大名鼎鼎的四神汤中，芡实便是重要的一味。

[溏心鸡头米]

先煮水，水开至有小米大小的水泡浮上来时放入大颗粒的鸡头米，有黄豆大小的水泡浮上来时，放入糖和桂花，等水开到串串气泡从锅边浮起时，便可以起锅了。这样煮出来的鸡头米外软，内里又甜又糯，像溏心蛋一样，因此被称为溏心鸡头米。诀窍是把握火候，煮过了头，鸡头米便像橡皮弹子了。

秋分

桂花

秋梨膏

秋分，《春秋繁露·阴阳出入上下篇》中说：『秋分者，阴阳相半也，故昼夜均而寒暑平。』在江南，真正意义的秋天来了。

秋分三候：一候雷始收声。雷是因为阳气盛而发声，秋分后阴气开始旺盛，所以不再打雷了；二候蛰虫坯户。『坯』在这里是『培』的意思。虫类受寒气驱逐，入地封塞巢穴，提前告别残秋，准备冬眠了；三候水始涸。涸即干涸。水气的影响，春夏水长，秋冬就会干涸。

秋分日，秋色正中分。青蟹肥，瓜果实。帘外秋雨瑟瑟，满园桂花甜香。劝君莫悲秋，秋高气爽，宜凝神静气，心怀常乐。

桂花

难怪陆游说“花气袭人知昼暖”，桂花的香气确实是有侵占性的。每年秋分时节，园子里，墙角边，马路上，潜伏在这个城市各个角落，甜甜暖暖的，香到过分。

这桂花可是花材中的“温阳使者”。桂花的香气，能驱走身体的寒气，疏通瘀滞，唤醒脾胃，怎能不趁机多吸几鼻子？

桂花，为中国十大名花之一，木樨属。因为叶子像“圭”字，而写成为“桂”。因为开在秋季，被称为“西香”和“秋香”。桂花分为金桂、银桂、丹桂、四季桂。其中金桂开花为金黄，银桂为乳白，丹桂为橙红，味道偏苦。以上为秋季开花，四季桂为乳黄色，四季开花，香气相对寡淡一些。

我家楼下园子里有一株金桂，每年秋分前后，香气最是浓得化不开。采撷一枝插入自己拉胚做的花瓶中，置于书架上，“一支淡贮书窗下，人与花心各自香”。

“江南忆，最忆是杭州。山寺月中寻桂子，郡亭枕上看潮头。何日更重游？”每年桂花开时，便心心念念去杭州的满觉陇赏桂。满觉陇在西湖以南南高峰的山谷中。那一片溪水边山崖下共植有七千多株桂花，“独有南山桂花发，飞来飞去袭人裾”。每到秋季，桂花便被一阵香风吹得满山开。偶尔遇到风急，飘下点点桂花瓣，这便是“满陇桂雨”了。想必如若赶到月夜造访，那便是“人闲桂花落，夜静春山空”的意境了。这时候，翁家山的友人家的桂花龙井也好了，桂香融合着龙井的豆香，更加丰富有层次。去年的九月末，我便与女友赶到杭州赏桂。月下民宿的庭院，小楼灯火氤氲，院子里的桂花树下，一张桌，两把椅子对坐，嗅着花香，谈着心事，如此秋夜甚美。

古人传说月亮上有棵桂花树，于是便有“吴刚伐桂”“蟾宫折桂”的出典。关于杭州满山的桂花和“山寺月中寻桂子”，是有一个传说的。说是在唐代，有一年中秋节，皓月当空，灵隐寺的寺僧德明忽然听到外面传来滴滴答答的声音。开门一望，月亮中纷纷落下无数珍珠般的小颗粒，他就捡回来满满一兜，第二天拿给智一长者看。智一仔细看了一会儿说：“说不定是月宫中落下的桂子。”于是师徒二人把这些小颗粒种在寺前寺后的山坡上，到了第二年中秋，每棵树上都开满了桂花。有金桂、银桂、丹桂，从此西湖四周便开满了桂花。

今年中秋，遇着阴天，见不到月，便取来好友璞素女主人燕平赠送的晓月香插。一个黄铜的圆环上斜插了一枝桂花，效仿了一番“桂子月中落，天香云外飘”境界的美妙。一阵秋风拂过，飘洒下一两点花瓣，竟也令我一时看得入迷。

桂花也不是每一年都守时，去年上海的桂花就迟到了。秋分过去几天了，园子里的桂花树依然不见几个花苞。早早答应朋友在秋分日举办以桂花为主题的茶筵。结果茶席上自己窨的桂花乌龙、丹桂茶、桂花糕、桂花酒皆美，唯独缺席了茶筵的真正主人——桂花，少了许多时令乐趣。好在，仅仅是以桂花为食材的饮食，已经令宾主尽欢了，度过了一段美好的秋日良辰。

“桂为百药之长。”桂花性温，泡茶或者浸酒内服，有温中散瘀、暖胃止痛、化痰止咳的功效。中国人素喜以桂花为茶、为露、为酒。

红楼梦中也记述了木樨清露和桂花糕等美食。那木樨清露，是桂花蒸馏得到的香液，是进上的贡品。王夫人都宝贝得紧，宝玉挨打后，肝气受抑，胸怀郁结，她这才肯拿出来给宝玉吃。宝玉服用后“甚喜”，觉得“香妙异常”，这顿揍挨得也是值得。

桂花因有辛温驱寒的作用，还被用在一个驱寒的方子中，叫“桂花汤”，记录于《太平惠民和剂局方》里。以桂花为主，辅以姜和甘草，磨成粉，加入盐，以书中的原话说，是“可治一切冷气”。

刚采下的桂花还是活的，香气最有生气。我有时会忍不住直接放到嘴巴里，结果吃到的却是满口苦涩。这却也难不倒中国人，想出了许多以糖、盐腌渍的办法，去留存桂花的香气，用于饮食。丹桂花颜色橙红，其花瓣大、肉厚、留香持久，是所有桂花品种中唯一可闻、可赏、可品、可食的品种。

有次和武夷山的茶人朋友一起饮茶，朋友拿出老家特产——福建丹桂茶。红色的丹桂和着糖浆格外晶莹鲜艳，只要挖一小勺，冲上水，那丹桂便在杯中飞舞旋转，成为一杯香气充满唇齿之间的丹桂茶，甚是美妙。这是我第一次喝丹桂茶。福建的丹桂茶，以浦城为最佳。说来这丹桂茶也是浦城自古以来特有的一个风俗，便是制作丹桂茶来招待客人。无论逢年还是平日，不管远客近客，主人都会向客人敬奉一盅丹桂茶。当地人正月十五煮元宵，也要放入一勺桂花茶，让丹桂的橙红浓香绽开在细糯的元宵间，更添滋味。

桂花

每年秋季，宁波的友人便会寄来她的母亲亲手做的一罐江南的糖桂花。咸中带鲜，鲜中带甜，甜中带香。这似乎已经成了秋天的习惯。做糖芋苗等甜品时撒上一勺，非常提味。

我的儿子最喜欢吃桂花糕，只要听到“桂花糕”三个字，口水就会一尺长。去年做了，今年又做，小孩儿一边吃得高兴，一边幽幽地道出一句：“啊，又吃上桂花糕了，一年又过去了。”是啊，在一年一年的四季轮转中，时间就这样静静地流逝了。

去年还从湘西凤凰订了一些竹筒桂花米酒，味道真是香醇到令人沉醉。后来再去买同乡人的酒，味道却不对了。好的味道真是要看人看天，也要看做食物的人的心情。能够相遇，也要看食客的缘分。

［桂花糕］

取一个容器，加一杯水，放入80克砂糖，搅拌至砂糖完全融化于水中。此时加入色拉油一勺，继续搅拌至色拉油和水完全结合。筛入澄面粉和糯米粉后搅拌均匀，不能有颗粒。取一个方盘子，在盘内侧刷上薄薄的色拉油（也可铺垫保鲜膜），防止脱模时粘连。将调好的粉浆倒入方盘中，轻轻震出粉浆中的气泡后室温静置四十分钟。时间到后包上保鲜膜上锅蒸三十分钟。蒸好后将保鲜膜去除，自然冷却至室温后转至冰箱中冷藏一小时，再脱模切块。最后淋上丹桂茶或者糖桂花即可。

［江南桂花糖］

取一块布铺在桂花树下，轻摇桂树，收集桂花。桂花过筛，挑干净叶子和泛黄花瓣，用水洗一遍。把桂花放在纱布上沥干水分，放阴凉处阴干。洒一些盐，用手捏一下，腌一下后，把渗出来的水挤干，去除涩味。在瓶子底部铺一层桂花，桂花约一厘米，放一层白糖，白糖约两毫米，直至瓶口，压紧、密封，三天后桂花糖即成。

［闽南丹桂茶露］

早起采茶，避免花被暴晒。用鹅毛仔细挑拣，剔去碎叶和变色花瓣。桂花用水洗净，入锅煮沸，捞起冷却，静置几个小时。用冷开水漂洗一次，沥干，挤干水分按照 1：1 比例放入白糖，充分搅匀混合，密封。

秋梨膏

入秋，燥邪来袭，家人齐齐中招，染上了咳嗽，前前后后吃了多种药不见好，赶紧和弟妹商量，把今年的秋梨膏熬好。

山东莱阳的梨子润肺效果最好。果实硕大，呈倒卵形，表面有褐色锈斑。果肉质地细腻，汁水丰富香甜。我们便等到莱阳梨上市才开工，一瓶膏全部由梨子和几味药材熬成，十二只梨才熬出小小的一瓶，要花费十个小时的工夫，过程中没有添加一滴水，没有添加任何添加剂。做成第一瓶成品后，用勺子挖出一勺，膏体有着梨子慢火熬制后呈现的细细的颗粒。入口，舌尖上触及的是梨子沙沙的质感，进而满口是梨子清甜的香气，细腻、干净、纯粹，那一瞬间特别感动。我们待食物以真诚，食物便回报我们最纯粹的滋味。给家人兑温水喝了两三天，咳嗽就这么奇迹般地不药而愈，不禁感慨古方诚不我欺。

秋梨膏，是一道经典汉族药膳。以秋梨为主要原料，配以止咳、祛痰、生津、润肺药物精心熬制，用于因热燥伤津所致的肺热咳嗽、劳伤肺阴。传

秋梨膏
秋梨膏

说里秋梨膏可以追溯到唐朝。说唐武宗李炎患病，终日口干舌燥，心热气促，服了上百种药物均不见疗效。这时来了一名道士，用梨、蜂蜜及一些中草药熬制的蜜膏给唐武宗吃，还真治好了皇帝的病。从此，道士的妙方成了宫廷秘方。后来秋梨膏又从宫廷传出来，到了北京的药铺，一直作为京城的药房为宫中制作的御药。

《黄帝内经》讲："秋冬养阴"，人在此时要注意防燥护阴。秋对应的是肺。肺主气，司呼吸，秋燥袭来最伤肺，所以秋冬保健应以养肺为先。而此时秋梨也正当成熟时，成为自然赐予人类的滋阴润肺蔬果的首选。《本草从新》记载，梨，性甘寒微酸，具有"清心润肺""止咳消痰""清喉降火""润燥消风"等功效。

这也许是天地万物遵循时令变化最神奇的所在，万物存在丝丝缕缕的牵系。我们身体依据季节变化需要的食物，早已由自然备好，成长、成熟在山野间。

［秋梨膏］

将12只梨削皮，去蒂，用榨汁机榨成梨汁。将梨汁倒入锅中，将罗汉果掰碎，和40克红枣、30克生姜、15克川贝、30克麦冬、40克冰糖、3克甘草、40克茯苓一起放入锅中，大火烧开后，小火炖40分钟，用白纱布过滤所有的药渣。将过滤后的梨汁放入砂锅，小火熬10个小时后，稍微冷却，出锅灌装入瓶。

寒露

板栗

石榴

山楂

寒露，《月令七十二候集解》：『九月节，露气寒冷，将凝结也。』此时气温比『白露』时更低，隔着一个秋分，却有凉意的递进。地面的露水更冷，即将凝结成霜。

寒露三候：一候鸿雁来宾。鸿雁排成一字或人字形的队列大举南迁；二候雀入大水为蛤。雀鸟都不见了，古人看到海边突然出现很多蛤蜊，并且贝壳的条纹及颜色与雀鸟很相似，所以便以为是雀鸟变成的；三候菊有黄华。菊花已普遍开放。

寒露日，露凝结，鸿雁来，人敛静。袅袅凉风动，依依秋露冷。天高云淡，月朗星稀。菊有黄华，芙蓉展酡颜。闭门即是深山，一杯寒露茶，书房卧游天地宽。

板栗

某年冬天，上海特别潮湿阴冷，每天晚上一个人蜷缩在家里面对四壁，这时伯母会唤我去喝汤。伯母是台湾人，煲的是一大碗板栗老鸭汤。那个冬天本来过得很孤独凄清，却因为在热乎乎浓稠的汤汤水水中尝到了板栗的甘香滋味，被滋润和温暖了心房，有了家的感觉。

从此，板栗之于我，除了小时候印象中的好吃以外，又成为一种关乎温暖和人情味儿的食物。

板栗，山毛榉目栗属。有补脾健胃、补肾强筋的功效。中医有个有趣的理论，叫“以形补形”。剥壳的板栗形似肾脏，所以又称“肾之果”，多吃可以补肾虚。北方的板栗肉质糯一些，适合做成糖炒栗子。南方的板栗肉质偏粳性，适合做菜，所以又称为菜栗。

我没有见过板栗树。黄岳渊、黄德邻在《花经》中惟妙惟肖地描述：“大者一树，能占地十余方；结实繁多，外密生芒刺，锐利而坚。新秋实成熟，

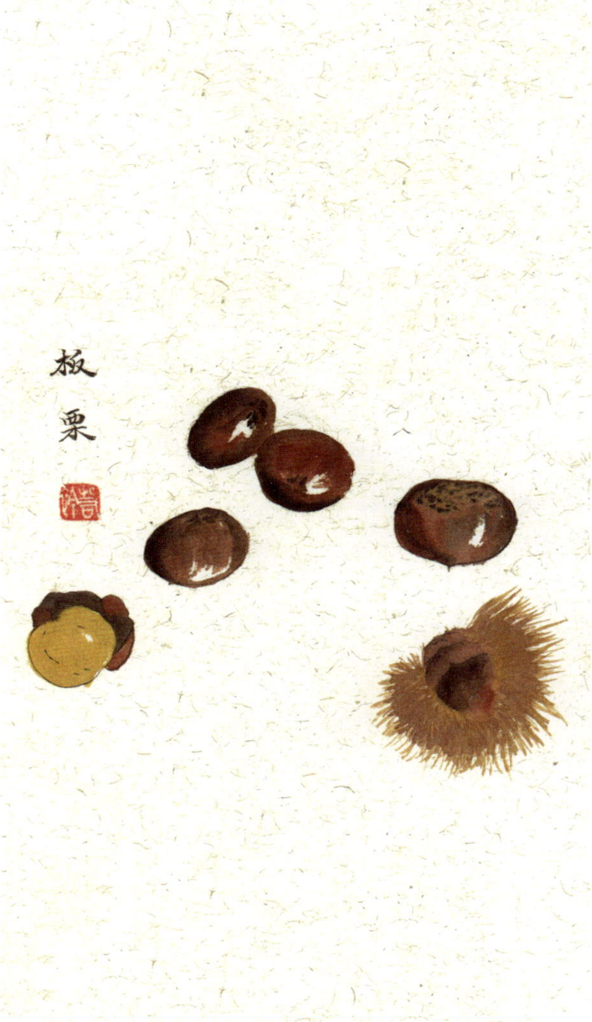
板栗

其房自裂；剥壳而啖之，芳鲜无匹，兼有香气，秋日之佳果也。”

寒露开始，江南便一天比一天凉，马上进入上海最令人难过的冬季。好在每年寒露节气前后，板栗便上市了。褐色的硬壳儿，黄的仁儿，代入了深秋的暖调底色。煲汤时放入几枚，整个汤汁都温暖甘甜起来，再凄冷的天气也多了一丝暖意。

有一年的寒露前夕，《乐活》杂志来向我约稿时令美食专题。一看专题题目“粒栗秋硕果”，当下窃喜，这正是我充满感情的食材呢。于是借着编辑与摄影师来家里拍摄的机会，把以板栗为食材的秋日小甜品整理制作了一遍。提前买了五斤板栗，备好食材，洗、切、煮、烤、揉、压、拌……一整天施展了百般武艺，做出了栗子蓉饼皮月饼、桂花红豆栗子糕、桂花糖烤栗子、栗子泥、桂花栗子羹六样小甜品。这样的拍摄真是令人轻松愉悦，源于和拍摄道具的亲密接触，真是把一个板栗食材做透了。

［栗子老鸭汤］

300克栗子连壳洗擦干净。一只老鸭洗净剁块，下锅略氽，取出用水洗去油分。将陈皮浸软刮去瓤。水9杯在锅中煲滚，将栗子、老鸭、陈皮、姜加入煲滚，改为小火煲3小时，加盐调味。

［栗子红豆糕］

300克板栗洗净，放入锅中，加入水，以没过板栗为宜，大火煮开后，继续煮两分钟；后将栗子捞出，投凉水，剥去板栗外壳。将剥好的栗子掰碎，分次放入料理机内，加200毫升牛奶打成栗子泥。将打好的栗子泥放入细砂糖、黄油及炼乳进行搅拌，直至凝结成团。栗子泥微微放凉至不烫手时，分割成30克的小份，把栗子泥压扁，中间放入红豆馅，使栗子泥包裹住红豆馅，搓圆，放入糖粉中滚一下，放入压模成型。

［糖烤板栗］

500克生板栗用清水搓洗干净，用刀在板栗上切深5毫米的口子，切成十字花（注意单手操作，否则容易伤手）。切好的栗子放大碗里，倒入一汤匙食用油，用勺子拌匀，让每个栗子表面都均匀裹上食用油。把栗子平铺放入预热好的烤盘。白砂糖和开水混合，放入微波炉加热20秒，取出撒少许干桂花搅匀成为桂花糖水。用毛刷把桂花糖水刷在栗子表面，边刷边翻动，继续烤制5分钟即可。

石榴

寒露时节，秋果渐实。石榴，也跟着笑裂了嘴。

成熟的石榴果皮薄到好像随时会迸开，露出玛瑙般的粒粒果肉，好像笑露了牙齿的小孩儿。秋日的下午，坐在阳台上细细剥出一盘石榴，摆在小竹桌上，颗颗石榴籽儿在阳光下熠熠生辉，真是好看。贪嘴小孩儿们便围过来，一把一把抓着吃。小兄妹间你一把我一把，互不相让，母亲在一旁看着直乐呵。

古人形象地描述石榴为“千房同膜，千子如一”。这是说石榴籽外面包的那层白缯一样的薄膜。李商隐诗“榴枝婀娜榴实繁，榴膜清明榴子鲜”和皮日休的“嚼破水精千万粒”，读起来都够鲜活，引得齿间渗出口水。石榴多子，所以中国人把石榴视作多子多福的象征。古时婚嫁良辰日，新房案头便放一只切开果皮、露出浆果的石榴。

秋天结果的石榴树很漂亮，映着秋日的蓝天，果实闪着金黄的光，让你

石榴

不禁恍然，原来这就是秋华之美。小区园子里也有石榴树，秋季真的结了累累硕果，沉甸甸地挂在枝头。两岁的小朋友便央大人摘了回家来玩，玩够了，破开吃，酸酸的，竟然也可以入口。

小小的观赏石榴，晒干了，搁置在茶席间，颇得秋季的时令之趣。有陶艺设计师，依照石榴的样子做出棱角分明的深褐、赭红色陶土石榴来，也是怪好看的。友人自己的工作室和展厅的窗台角角落落，真假石榴出没。三个晒干的石榴兄弟，歪歪扭扭，活泼俏皮，按照大小个站一排；三个陶土石榴兄弟，笔直直地挤在一个素白瓷盘子里，无论真假，传达的都是秋华之美。

石榴好吃，但不好剥。郑逸梅先生在《花果小品》中记述，这倒是支开小孩子纠缠的好法子。写文字的时候，四岁的儿子来打扰，他就递给小孩子一颗石榴，让他一边儿自己剥一边儿吃，果然便可以获得安静。

山楂

寒露时节，山楂上市了。

我对山楂充满了丰沛的感情。从小脾胃不好，消化不良，最喜食山楂做成的食物。山楂罐头、山楂糕、蜂蜜山楂、山楂膏、山楂丸、山楂片、山楂卷、冰糖葫芦，随便一个和山楂有关的食物拿出来，都是满满的童年记忆。

山楂，蔷薇科，山楂属。有消食积、散瘀血功效。在东北山野间，有一种野果，叫“山里红”。每次爬山玩耍遇见了，便可以直接摘来吃，酸溜溜的，啃剩了籽儿，直接丢在草窠里，埋埋好，希望来年长出更多山里红。很多人说山里红便是山楂别名，后来考据，是近亲，但不同种。

山楂做的食物，最早为药膳。说宋光宗的皇贵妃突然面黄肌瘦，不思饮食，御医用了许多贵重药品，都不见效。一位江湖郎中揭榜进宫，在为贵妃诊脉过后说：“只要将棠秋子（就是山楂）与红糖煎熬，每饭吃五到十枚，半月后病准好。”贵妃按此方服用后，果然如期病愈。后来这方子演变成民间多种以山楂为食材的美食，倘若用竹签串起来，便是如今的冰糖葫芦了。

小时候偶尔积食，母亲便会给我山楂丸吃。寻常丸药那么大，放在口中慢慢嚼，口齿中便充满着一股带着药香味儿的山楂的酸甜味，慢慢在嘴巴里晕染开，嚼磨不尽。一枚吃完，还想跟母亲讨一枚，这大概是小时候吃药最积极的时候了。

糖水山楂罐头，便是儿时生病时的特别尊享待遇。山楂晕染过的黏稠汤水，颜色像桃花般浓艳。端着碗喝下去，特别绵软柔滑酸甜。为了这样的一口满足，生一场病也是值得的。这次回东北，发现小时候的糖水山楂罐头已不再是儿时生病探望病号的专享。大至五星酒店的自助餐，小至街边的烧烤店，都有日常供给。这可把我乐坏了，喝完一碗再倒一碗，管够。

山楂糕，则是一块块鲜红水嫩的小长方块儿。咬一口，像羊羹的质感般细腻，酸甜鲜爽。真材实料的山楂糕吃过以后肠胃会很舒服，满是纯粹的山楂熨帖的抚慰。曾在苏州某旅游景点看见卖山楂糕的，眼馋，买了一支。结果吃到了一口的糖精味儿，甚是倒胃口。好吃的食物其实无他，不过是材料的纯粹、干净和一份用心而已。遗憾的是，这样简单的原则，很多制作食物的人未能遵守。

蜂蜜山楂，是把山楂去核熬煮，调以蜂蜜，这是再简单不过的改善山楂口味的家常吃法。虽然隔着地域辽阔的大江南北，我的母亲和婆婆却都有熬蜂蜜山楂的习惯。偶尔做一次，我便捧在膝上埋起头，一口气吃掉，别无旁骛。如果有充裕的时间，也可以把山楂慢火熬成山楂膏，调以黑糖或蜂蜜，随时备着冲水喝，却也方便。

上海豫园至今有传统的糖山楂球卖。在北京逛后海，也看到一种白糖裹着山楂球的小零食。买了一大纸袋吃，竟然跟在上海吃到的不同。白糖入口是稀松的，山楂是软糯的，没有那么坚硬，倒是更容易入口了。

山楂

站在北方冬日的街头，美滋滋儿地啃一串儿冰糖葫芦，是最得意不过的事。不知道为什么，冰糖葫芦在南方吃总是不对味，只有在北方才吃得到那种合着冰雪、哈气成霜、爽到镇牙的口感。犹记得儿时五岁的表弟站在北方大雪天的街头，歪着脑袋龇牙咧嘴啃着一串糖葫芦的模样。小孩子用力吃好吃的食物的表情真是好笑，这幅画面就随着一张旧照印在我脑海里。如今这位表弟已经长成一个一米八的汉子，在北京的街头，悉心照应接待到访的我们。倒是我的儿子小布丁，处在和他当年相仿的年纪。从景山下的故宫北门出来，遇见卖糖葫芦的小贩，小布丁口水流了二尺长。赶快买下一支塞进他嘴里，然后坐在人力车上晃晃悠悠，一边看故宫的角楼在夕阳中渐渐远去，一边看着小布丁脑袋歪来扭去龇牙咧嘴满足地吃着糖葫芦。夕阳照在他稚嫩的小脸庞上，定格成又一个难忘的画面。

一年又一年，时光流逝，吃糖葫芦的孩子，换了一茬又一茬。

［山楂膏］

手工精选山楂去核，黑麦胚芽熬水取汁后放入山楂和黑糖，文火慢熬7个小时，出锅前以麦芽糖收汁提味。

［冰糖葫芦］

山楂清洗干净，用刀从中间切开，切到2/3，再挖去核和蒂部，夹上花生，用竹签子串起来。3两大块的冰糖放入微波炉高火一分钟，轻轻一掰成碎片。将冰糖碎放入锅中，倒入同等分量的开水，中火加热，可以用铲子慢慢搅拌，加快冰糖溶解。当所有的冰糖都溶解后转小火，慢慢加热七八分钟，仔细观察糖液的泡沫，当糖液的颜色变得稍微有一点点黄，泡沫繁多时，将串好的山楂放进去快速滚一下。拿出放在抹了油的铁盘中，放冷处凝固10分钟，就可以吃了。放在冰箱里冰冻一下口感更佳。

霜降

菊花

柿子

橘子

《月令七十二候集解》：『九月中，气肃而凝，露结为霜矣。』人们一般把秋季出现的第一次霜叫作『早霜』。也有叫『菊花霜』的，因为此时菊花盛开。霜降是秋季的最后一个节气，秋向冬过渡的开始。

霜降有三候：一候豺乃祭兽。豺捕到了野兽后，先陈列出来再食用，仿若祭祀；二候草木黄落。秋风萧瑟天气凉，草木摇落露为霜。此时节草木枯黄，落叶满地；三候蛰虫咸俯。准备冬眠的动物开始藏在洞穴，不动不食，准备好过冬。

霜降日，气肃而凝，露结成霜。醉人枫红与桐黄。百草尽谢，菊华独芳。柿红枝重，蟹肥膏黄。东山橘子红，荔浦芋艿肥。天凉好个秋，寒烟暮雨，记得添衣。

菊花

霜降时节，赶去花市捧回了一盆菊花，置于案前，沾沾晋陶渊明的隐逸之气。

菊，花中隐逸者也。“采菊东篱下，悠然见南山。”看到案头的菊花，即便身处大都会，心中也已然有了南山。

菊花在中国人的心中位置非常高，位列四君子之一。菊花品类繁多，自古以来记述这些品类的典籍也连篇累牍。从瓣形上看，有舌状花呈平面伸展的，名为平瓣；花瓣先端展开如匙的，名为匙瓣；舌状花呈管状伸展的，名为管瓣；花瓣奇特的名为畸瓣等。颜色则有黄、白、紫、红、粉、绿、墨、泥金、雪青等。我始终觉得绿菊最为清隽可人。

屈原的《离骚》中有“朝饮木兰之坠露兮，夕餐秋菊之落英”，读罢眼前一亮。没错，在宋代以前，菊花多被视为药材和食物。古人执着地深信菊花可以延年益寿。宋人李石在《续博物志》中说：“真菊可以延龄。”宋人李昉的《太平广记》还记录了“饮菊潭水”的故事。说深谷中有三十户人家，每天喝菊潭的水，“上寿二三百，中寿百余，其七十八十以为夭。菊能轻身益气，令人久寿，有征”。

到了宋代，菊花才慢慢从药物和食物转为文人案头赏鉴的植物。明代，苏州文人贵族间把植菊赏菊视为每年秋季极重要的雅事。明人文震亨在《长物志》中描述：“吴中菊盛时，好事家必取数百本，五色相间，高下次列，以供赏玩……若真能赏花者，必觅异种，用古盆盎植一枝两枝，茎挺而秀，叶密而肥，至花发时，置几塌间，坐卧把玩，乃为得花之性情……野菊宜着篱落间。”读罢掩卷感慨，古人真是比今人会玩多了。

最爱八大山人笔下的菊花。印象最深的一幅是《瓶菊图》，简单几笔勾勒出隐逸疏落的菊花之美。花墨实，瓶墨虚，花墨干，瓶墨润。临摹过多次，每次都不免暗暗赞叹朱耷笔力的洒脱简约和真趣。另一幅是《菊石图》，构图尤为巧妙，角落的菊花与大面积的岩石留白对比，更有趣致。

菊花在九月开放，所以人们把九月称“菊月”。“九”与“久”同音，旧时人们以农历九月初九重阳节这一天采的菊花更有意义。做菊花茶，泡菊花酒，吃菊花做的糕点，用菊花沐浴。唐孟浩然《过故人庄》中说：“待到重阳日，还来就菊花。”意为此。

黄山脚下的徽菊，倒是八月就开了。八月到碧山，回程路过一片徽菊田。洁净纯白的菊花开得正好，连绵一片，直接到远山前。摘下一朵轻嗅，正是熟悉的菊花茶的清苦香气。徽菊主要产于休宁，列为中国四大名菊“徽菊、杭菊、滁菊、亳菊”之首。菊花茶以散风清热、清肝明目见长。我会把它作为清肝饮和清火茶的主要原材料。平日家里人但凡有上火的，只消喝一杯菊花茶，半天工夫，火气顿消。也可以在蒸糕点时点缀上新鲜的徽菊，即得时令雅趣，又可降火，一举两得。

菊花

菊花瓣也可以做羹汤与菜肴。秋日见到友人蒸鸡时撒下丝丝黄色菊花瓣和酱汁，美其名曰“菊花鸡”。还引以以可食用的黄色菊花炸天妇罗，和盐吃，看着竟也令人食指大动，颇得时令之风雅。

霜降时节，一日回家路上遇到花店，看见黄菊花开得好美，于是开始挑选。花店老板说:“小姑娘，菊花不好摆在家里的，是拜山用的。”“没事，我们这儿菊花是延年益寿。”继续选了九朵，九为乾，阳气更足。可怜屈原吃过、陶渊明咏过的菊花，如今在人们心中沦落到仅仅是追悼亡人的花了。

将这束菊花在写着囍字的青花罐中插好，满屋灿然。这样的金秋，摆在家中才是最该秉承的不负秋光的传统。

柿子

北方的童年的深秋，就是一颗一颗挂在树枝上的红柿子。想起来就馋得慌。

柿子挂满枝头的样子真是好看。在北京，也许是从一个四合院的瓦片墙上延展开来的一片，也许是从朱红漆的城墙里探出的一团。点点橙红在阳光下闪闪，映着北京的湛蓝天空，衬着呼啸而过的鸽子声，好一个北平的秋。老舍先生便在自家院子里种了柿子树，把院子取名为“丹柿小院”。深秋时节，全家都忙活摘柿子，把整个儿搪瓷浴盆都装满了。老舍先生就把这些柿子当作礼物送给友人。

柿子的好吃，在于咬破一点皮儿后吮吸的那一口。甜甜的绵软的汁水，混合着柿子肉的经络一齐入口，妙不可言。

文人画中的柿子，第一个想起的是牧溪的《六柿图》。六只水墨勾勒的形态各异的柿子排成一排，煞是可爱。齐白石也画过《六柿图》。堆放在篮子里的六枚青柿，有的微黄，有的略青。近九十的高龄，画的却是童年印象。齐白石爱柿，自称“柿园先生”。在文人眼里，柿子之美，不仅仅在于嘉果。明文震亨在《长物志》中说柿有七个美德：一寿，二多阴，三无鸟巢，四无虫，五霜叶可爱，六嘉实，七落叶肥大。

霜叶可爱，是说柿叶秋日会变红，在霜降时节可媲美红枫。唐郑谷的“蓼渚白波喧夏口，柿园红叶忆长安”，唐韦庄的“柿叶添红景，槐柯减绿阴”，那情致竟然比枫叶还要多出几分来。

落叶肥大，对古人来说，则有别的用处。在宋代以前，纸很金贵，穷书生习字不舍得用纸张，便取来柿叶做纸用。杨万里的“却忆吾庐野塘味，满山柿叶正堪书”说得正是以柿叶来习字。柿叶确也为古人记载文字起到大用处。元末文学家陶宗仪隐居田园，耕种之余会拾柿叶来记事，记了满满几瓮柿叶，后来整理成了《南村辍耕录》这本书。

柿子味甘、涩，性寒，归肺经。柿果、柿蒂、柿霜、柿叶均可入药。《本草纲目》中记载“有健脾涩肠，治嗽止血之功”。著名的柿子品种，有河南渑池的牛心柿、山东的莲花柿、河南的鸡心黄柿、陕西富平的尖柿、浙江杭州古荡一带的方柿等等。此外，还有盖柿、火柿、罗田柿、脆柿等等叫不完的名目。

俚语形容有人欺软怕硬，会讲“拣软柿子捏”。近年吃到山东和陕西一带的“脆柿”，还真是硬茬儿，捏不动，硬邦邦，横切开，果肉呈好看的米字花形。入口像梨般脆生生的，倒也清甜不涩口。

童年吃的柿子，是北方的“盖柿”。盖柿大而扁圆，拦腰有一圈凹痕。在童年记忆中的东北，柿子和冻梨一起，成为物资稀缺时代东北冬天仅有的水果之一。柿子就直接冻在窗外，吃的时候端回来化在水里，周身结上一层冰碴。冻柿子的口感和未经冷冻之前大不同，口感和味觉都有了一个质的升华。肉质会变得更稀溏，味道也更甜，没有了涩味。咬破一个小口，大口吸，简

柿子

直就是在喝柿子汁。

除了冻柿子以外，冬天想起来便会流口水的，还有绵绵蜜蜜的柿饼子。柿饼子外面挂着甜甜的糖霜，皮很有咬劲。咬开皮，肉质却带着溏心，外韧里嫩，这种口感的对比很曼妙。柿饼是用柿子去湿加工制作而成的一种干果。做成干果的好处，一是利于存放，二便是在口感味觉上的另一种蜕变。柿饼外部的那层糖霜，不容小觑，这叫柿霜。它并不是淀粉，而是由内部渗出的葡萄糖凝结成的晶体构成。这在中医中可是一个宝，可生津利咽、润肺止咳，对口疮、咽喉痛、咽干咳嗽都有效。

我曾经花了一整年的功夫去寻找好吃的柿饼，最后圈定的，是陕西富平的柿饼。富平从汉代就开始栽植柿子。在日本吉野有一个柿子博物馆，里面的文字记载："世界上柿子生产国为中国，集散地为青州，优生区在富平。"每到临近霜降时节，我便开始向陕西的友人问柿饼的事。那富平小村庄里的当地人回信，柿饼要等到每年霜降以后才开始做。之前做的柿饼，是无法称为好的富平柿饼的。霜降以后做的柿饼口感才甜美，挂霜越来越多。从霜降开始制作起来，上市也要等到小雪时节了。

中国农人严格遵守节气时令耕种收成。二十四节气尊重时令的天人合一精神，在山野乡间被中国人最好地秉承着，印在祖祖辈辈传承的血脉里。

柿子还可以绽放在植物染工艺上。将青柿、柿蒂、柿叶榨汁，过滤，取汁液涂抹在布匹上。布匹在柿子富含的单宁作用下，便会呈现好看的柿色。日本人管柿染叫作“太阳之染”。经过柿染的布匹，可以防腐，经过日晒颜色还会加深。友人从日本收来几块柿染老布做茶席。那老布橙红中已带熟褐，挺括，厚实，带着岁月包浆，煞是好看。

橘子

芸香科植物的气味我都很迷恋。沐浴乳是柠檬香，洗发水是柑橘香，香水是橙花香。芸香科的果实我也很贪食。橙子、柚子、柠檬、佛手都好。其中橘子最有亲和力，酸甜、易得、好剥。

苹果啦、梨子啦、西瓜啦，包括和橘子有近亲关系的橙子和柚子，有的需要用刀子打皮，有的需要切，有的光剥皮就剥到你手痛。橘子就生得乖巧，皮特别容易剥不说，一瓣一瓣的果肉也帮你分好，你就只管掰着吃就好了。橘子也好看。剥开薄膜，露出一丝丝半透明的果肉，像晶莹明澈的水晶花朵。剩下的橘子皮，可以做成小桔灯，还可以用橘子皮挤出橙色汁液，染出带有橘皮香的信笺。这都是小时候最喜欢干的趣事。

橘有两种写法，“桔”和“橘”，如今都被认可。写成“桔”显得稚嫩可爱，写成“橘”更有浓郁荫蔽的气息。

橘子生南国。屈原的《橘颂》写道：“后皇嘉树，橘徕服兮。受命不迁，生南国兮。”淮南子中说：“橘生淮北为枳……橘生淮南则为橘。”具体是指南方的哪里呢？文震亨在《长物志》中说：“有绿橘、金橘、蜜橘、扁橘数种，皆出自洞庭。”那便是指苏州洞庭了。

橘子也讲究时令，霜降日后的橘子最甜美。王羲之有张著名的《奉橘帖》，写着：“奉橘三百枚，霜未降，未可多得。”这是给朋友送橘子吃时留下的手信：“赠给你三百个橘子，霜还没降，就没有多采摘。”

“霜降莫愁时果少，客船争买洞庭红。”得了天时地利之便，时常在霜降时节去苏州东山采橘子。彼时苏州的东山、西山的橘子林里，点点金黄的橘子坠在枝头，连缀一片。这时采摘的橘子比市场买来的酸甜鲜美得多，随手采来就可以剥了皮丢进嘴巴。站在橘子林中吃一斤，再带走五斤，真乃深秋一酣畅淋漓之乐事。

有一年与女友去东山的陆巷玩，见到了王鏊故居外的园子里有大片洞庭红橘，分外诱人。听当地人讲述，才知这里曾是《橘子红了》的拍摄地。洞庭红橘，是旧苏州的传统品种，早在唐代就被列为贡品了。红橘极美，挂在树上便是风景。颜色红艳，皮薄多汁，味道鲜甜。因为上市晚，成了苏州迎接农历新年的时鲜。橘子与吉谐音，寓意吉祥。旧年，苏州人到亲戚朋友家里拜年的时候都要准备一些红橘，用篮子提上作为新春的礼物，而所得的回赠礼物也都是橘子。

橘子瓤外面那个白色的网状筋络，叫“橘络”。别小瞧，中医里这是一个宝，通络化痰、顺气活血最好。晒干或者低温干燥后的橘子皮，便是著名的中药材——陈皮。“千年人参，百年陈皮。”陈皮有理气健脾、燥湿化痰的功效。年份久一些才好，以新会出产为佳。橘红，则是指刮去白色内层的橘皮表皮，也是理肺气、祛痰、止咳的一味药材。

写到这里，不能不提到一款中国人发明的奇妙茶品，那便是新会陈皮与

橘子

普洱的美妙结合——橘普。中国人是这样做橘普的：取整只柑橘，在顶部切开一个圆孔，去除果肉。这个步骤要极其小心，不能破坏柑橘皮的完整。再将普洱散茶罐装进去，一同烘干或者晒干，橘普茶便做成了。饮用的时候，只要把橘普皮撕碎几片，和上一些散茶，便是一泡的量。更有“小青柑”被身边茶人朋友戏称为“小心肝”，是一种青色的小小的橘普茶，只要整只丢进紫砂壶里便好，更加方便。橘普茶泡出来的汤色浓厚，口感鲜醇，既有陈皮的果香，又有普洱的醇厚，可疏肝润肺、消积化滞、宜通五脏、健胃降脂。秋燥时节，全靠橘普做口粮茶，以至于喝光所有家底。

橘普茶的发明，起端来自一次偶然。“粤东四大家”之一的罗天池，有年秋天患了肺咳，在书房内边看书边喝茶，错把妻子煮的陈皮汤倒进茶壶里。啜了一口，觉得淡淡的陈年橘子皮味和普洱茶混合的香味直透鼻孔，两颊生香。喝了几杯，便觉得咽喉舒畅，咳痰少了。从此以后，每喝普洱茶，他都喜欢加上一些陈皮一起泡着喝。再后来，他有天仔细打量一只柑橘想：普洱茶放置的时间越长，越醇厚滑腻好喝。新会柑橘皮也是放置的时间越长久越好。如果将这两种结合起来存放，岂不是既方便冲泡饮用，也容易储存？于是世界上第一个柑普茶便诞生了。柑橘普洱茶的制法逐渐在良溪、新会等地流传至今。

一个传统饮食的诞生，既需要偶然，也需要喜好钻研的食客与茶客那一瞬间的灵光乍现。

南天竹

立冬

香菇

立冬，冬天的开始。《月令七十二候集解》中说：『立，建始也。』又说：『冬，终也，万物收藏也。』

立冬有三候：一候水始冰。立冬第一候时北方水已能结成冰。进入千里冰封的冬季；二候地始冻。土地也开始冻结；三候雉入大水为蜃。雉即指野鸡一类的大鸟，蜃为大蛤，这与寒露时『雀入大水为蛤』同属古人的美丽误解。

立冬日，水始冰，地始冻，万物始收藏。枯木寒枝，溪桥青石凝霜。围坐火炉煮老茶，闲话旧时文人诗家。

南天竹

秋冬季节，最喜欢在家中的花瓶插一些果子，以现秋华之美。这其中，以南天竹最易得。我家园子里便种着许多南天竹。每到冬季，便挂上串串红色果子，像点点朱砂。如果适逢上海下雪，映衬着白雪，更加清隽可喜。

立冬时节，草木萧瑟，可以入得花瓶的花草寥寥，唯有南天竹的点点朱红，平添一抹亮色。可以独插于白瓷花瓶中，可以与桂花、蜡梅为伍，或主或客，插做一瓶，初冬的案几上也热闹了。

南天竹又被写作“南天竺”，属小檗科南天竹属常绿小灌木。南天竹常常与蜡梅、水仙为友，同列岁寒隽品。郑逸梅先生在《花果小品》中记录，南天竹有油球、狐尾、满天星几个品种。油球子果簇很密，色泽最为红艳；狐尾比较多见，茂密，果子略垂；满天星果子朝上伸展，比较稀疏秀丽。现在，南天竹也有一些变种。如玉果南天竹，果子为白色；绵丝南天竹，叶色细如丝；紫果南天竹，果实成熟时呈淡紫色等等。

南天竹的果实也可以入药。最经典的方子，莫过于治疗百日咳。取南天竹干果实三至五钱，水煎后，调上冰糖服用，效果特别好。

南天竹

香菇

四月里我曾到四川的北川药王谷考察野生草药，第一次吃到了椴木上种植出来的香菇，这也是人生中第一次理解了香菇为什么会名之以“香菇”。那种扑鼻而来的来自森林中的鲜香味儿，是平日在菜场买来的香菇上吃不到的。

刚抵达北川，定居北川的沈姐姐便带我去看了生长在树上的香菇。和平时见到的整整齐齐的香菇不同，椴木上生长的香菇没有一朵形状、大小是一致的。鲜活的香菇，像肥嘟嘟的咖色小扇，长在树干上，汲取着来自原始森林树木的营养和生气。

北川的原始森林是青藏高原的起点，这里的古树上大多生长着野生的香菇。原始森林里下了场雨后，香菇便会嘟嘟嘟地从树上冒出来。沈姐姐对我说，这里的古树至少有五十年以上的树龄，树根可以深深扎根到泥土中去。五十米，一百米，每个土地的层面矿物质和营养元素都不同。大树汲取了大地的营养，香菇又汲取了大树的营养，因此我们平时在蔬菜中吃不到的营养元素，在香菇中便可以补充到。接受海拔 1000 米以上的阳光的照射，呼吸

香菇

森林里的负氧离子，吸吮大树从泥土中汲取的微量元素和多种营养，这样生长出来的香菇，是东部地区用蘑菇房批量化种植出来的香菇无法比拟的。

到了北川的第二天，我们去拜访沈姐姐的椴木香菇种植基地。车沿着逶迤的山路在山谷间穿行，山间云雾缭绕，终于在一个转弯处的平地停了下来。那里几位羌族乡人正在忙碌地种植新一茬香菇，遍野都是咚咚咚的锤子敲击声。乡人先在躺倒的粗壮的树干上打上一个个小穴，每个穴距离十几厘米左右。穴打好后，用一个形似漏斗的器具，将棕色花粉一样的菌种尽快接入到穴中去，然后用与穴口大小差不多一致的木块盖上，用锤子一下一下地敲平。在工作场附近的树林里，一排排堆放着已经接种好的椴木。在我来之前，香菇刚刚采收了一季，而如今这一季种下去，差不多五月就可以冒出香菇来，真正采收还要等到秋天。

香菇一般等到菇盖展开七八成，菇盖的边缘仍然内卷时就需要采收了。这个时候的菇形、菇质、风味都比较好。如果再晚采收，菇盖仍会展开，甚至开花，就不好吃了。

江南一带由于受到树木、地区、季节的限制，因此养殖香菇大多是代料栽培。所谓代料栽培，就是利用木屑以及刨花、纸屑为主要原料，来代替原木、椴木生产各种食用菌。这样的香菇虽然产量大，但味道相对寡淡，难有野生香菇诱人的香气，也缺少合成香菇多糖的营养元素，香菇的一些保健价值，也是大打折扣。

记得沈姐姐说，她的理想便是恢复食物在泥土和自然中本初的样子。食物种植的发展是一把双刃剑。但无疑，现代人类科学发展亦不能违背自然规律。未来食物能解决产量也能回归本初，也许是人类的一个重要的理想。

萝卜

小雪

米酒

小雪，《月令七十二候集解》说：『十月中中，雨下而为寒气所薄，故凝而为雪。小者未盛之辞。』古籍《群芳谱》则说：『小雪气寒而将雪矣，地寒未甚而雪未大也。』大体意思，就是此时降雨遇寒冷空气凝固成雪，但还未成气候，落地即融。

小雪三候：一候虹藏不见。由于气温降低，北方以下雪为多，不再下雨了，雨虹也就看不见了；二候天气上升地气下降。天空中的阳气上升，地中的阴气下降，导致天地不通，阴阳不交，所以万物失去生机；三候闭塞而成冬。天地闭塞而转入严寒的冬天。

小雪日，雨遇寒而凝雪，落土即融。江南户户酿米酒，寄来年。三两好友烹新茶，一人独坐对霜雪。

萝卜

昔日里，我的母亲常常念叨着劝我多吃萝卜，说萝卜是“小人参”。我的中医老师，也劝我多吃萝卜。每年春天，正是气郁严重的时候，萝卜煮水最顺气。

李时珍也劝人吃萝卜，主张每餐都应该吃一点。“熟食甘似芋，生吃脆如梨，老病消凝滞，奇功真品题”。萝卜属十字花科萝卜属植物。《尔雅》中称萝卜为芦菔，确实具有很强的行气功能，能消积滞、化痰热、下气、宽中。

有道菜名叫作“假燕窝”，还是女皇武则天赐名的。这燕窝，就是由萝卜来扮演的。说是武则天称帝期间，洛阳东关菜地长出一颗三尺长的巨大萝卜，武则天见了传旨让厨师做成菜肴。厨师们使出百般技艺，把萝卜切成均匀细丝，并辅佐以山珍海味，制成羹汤。女皇尝了一口，味道格外鲜美，堪比燕窝，于是赐名“假燕窝”。虽然不知道是不是杜撰，但萝卜能做出燕窝的味道也不稀奇。原因在于萝卜用于炖煮羹汤时，以“吸味”见长。炖牛肉，便吸足了牛肉的鲜香，炖羊肉也吸饱羊肉的肥美，将主菜的味道延展升华到另一

蘿蔔

种酥软的口感中去。所以辅佐以山珍海味，得其味道的精髓不足为奇。

北京有种萝卜，叫“心里美”，有绿皮红心儿，也有绿皮白心儿。红心儿的切开后紫红色的穠艳丽如花。清代植物学家吴其浚动情地描述说：“琼瑶一片，嚼如冷雪，齿鸣未已，从热俱平。”他在北京做官时，每天都会在街上挑些心里美萝卜回去大快朵颐。

也有红皮品种的萝卜，略小颗，我们老家称之为“水萝卜”，也叫“扬花萝卜”，生吃也极水嫩。汪曾祺喜欢用小红水萝卜连皮切成细丝，加糖后略腌后装盘，然后浇以酱油、香油和醋，与少量海蜇皮丝拌尤佳。

在故乡的东北，人们还会把萝卜切成一条一条，腌渍晒干了做咸菜吃。萝卜干咸菜甜中有咸，韧中带脆，特别下饭。

苏州也盛产萝卜干，一位苏州朋友送了我一盒吃。褐绿色，卷成一个卷儿，上面点缀着几瓣玫瑰花瓣碎末，甚是风雅。尝了一口，和东北的萝卜干完全是两回事。萝卜在腌渍过程中已经变得软糯如泥，口感则以咸为主，略带一点点甜和萝卜香气。邓拓在《燕山夜话》中写到苏州一种经盐渍后的萝卜，叫“春不老”。咸中有甜，旧时是寺院中僧侣用来敬客佐茶的极佳茶点。无法考据与我吃的是不是一种。

杭州萧山萝卜干名气就大许多，模样与小时候东北吃的萝卜干接近，味道迥异。腌渍这种萝卜干的品种，叫一刀种。因为长度和菜刀接近，加工时可以一刀分为两半。萧山萝卜干口味咸鲜微辣。

一方水土养一方人。若问各个地域各种特色的萝卜干我最爱吃哪一种，大概还是故乡平淡无奇的小萝卜干吧。算算看，竟也有许多年没吃到了。

米酒

到江南后，第一次喝米酒，是在崇明岛上玩时在农家买的一小瓶。白白的汁液，入口尽是醉人的鲜甜，从此难忘。

公公也喜欢做米酒。做好了，用小饭盒送过来。打开看，糯米正中心有个小凹口儿，里面满盛着渗出来的米白色清亮亮的米酒汁液，看着就甜到醉人。赶紧用勺子盛出一勺米汁，入口。啊，好鲜甜的米香和酒香。这样把酒酿放进冰箱，每次可以取出一些，做醪糟炖蛋、酒酿圆子、醪糟甜品，都好吃。我则更贪恋直接喝米酒，味道最醇烈。

米酒，又叫酒酿、甜酒、醪糟，古时也叫“醴”，其实就是糯米发酵后的甜酒。旧年江南的米酒一般是腊月酿制，春节饮用。许多人家过年前都要做一两缸米酒，用来新年的时候招待客人。所以又叫作“腊酒”或者“春酒”。陆游在《游山西村》中写道：“莫笑农家腊酒浑，丰年留客足鸡豚。山重水复疑无路，柳暗花明又一村。”说的就是南宋乡间，人们在年关酿米酒庆丰年。

江南农家酿酒的方法，一般是先将糯米浸胀，淘干净，蒸成干饭后，摊于竹匾之上，用凉水浇淋，这样可以让米饭松散不黏结。然后将酒曲碾碎拌到米饭中，再放入缸中，将酒料表面抹平，然后在中心处打一酒窝。为了促进酒料发酵，必须要给酒缸保温。缸口覆上草盖，缸壁也要裹上稻草、棉絮、塑料薄膜。这样三四天后，就可以看到酒渗进酒窝了。下一步是放冷水，米、水的比例按重量各占一半。一两天后，酒料表面会出现细裂花纹，这时就用棍棒搅拌，俗称“开挬”。隔日就要搅拌一次，共搅拌三次，分别称“头挬”“二挬”“三挬”。一个月以后，就可以开缸饮用。“开挬”时，酒料表面是不是有细裂纹，是决定米酒成色的主要标志。有细裂纹的酒不甜，味道醇厚，适合那些把米酒作为“酒”来饮用的酒客；没有细裂纹的，味道甜腻，力不足，是适合女人和小孩子喝。

米酒有温寒补虚、补气养血的功效。因为营养成分更容易被人体吸收，所以在台湾和福建，米酒是妇人坐月子的必备补品。

米酒的保鲜方法是，把一个鲜鸡蛋放在未煮的米酒上。两小时后，蛋壳的颜色开始变深，随着时间的延长，蛋壳的颜色逐渐变深。这样，米酒的保鲜时间可以延长 2.5 倍。从前开车路过浙江平湖，发现当地有一种用醪糟腌制过的鸡蛋。买一瓶回来尝尝，那腌过的鸡蛋壳已经很软了，当中的鸡蛋清和鸡蛋黄口感如腐乳般嫩滑，味道却更加香鲜，美味极了。

米酒还是优等的纯天然护肤品。据说一位日本科学家在参观米酒酿造厂的时候发现，酿酒的老婆婆虽然脸上布满皱纹，双手却非常细白嫩滑。经过多年的实验，日本人发现米酒在发酵后，会产生一种透明的液体代谢物。它与人体细胞结构相似，是极易被吸收的护肤成分。我们可以按照自己皮肤的状态自制米酒护肤品。

米酒
米

［自制米酒］

将糯米洗净，放入电饭煲中，加入没过半个手指节的水煮熟，煮得要比平常的米饭硬一些。米饭蒸熟以后，闷一会儿，放入干燥的盆中，分几次加入 200 克凉开水。这样做一是降温，二是增加出酒率。每次加入水，都要让糯米充分吸收。取出大约 2 克酒曲，压成末。等到糯米温度降到比手温略高一点点的时候，撒入酒曲，拌匀。拌好的糯米饭，压平，中间留出一个孔，就是酒窝。盖上盖子，夏天可以直接在室温下发酵，冬天可以放在温暖的室内。一天一夜后，揭开盖子，酒味飘香，酒窝中渗满清亮的酒。这时糯米块也浮起，米酒就做成了。做成的米酒可以立刻煮了吃，也可以放在温度较低的地方。夏天要放入冰箱冷藏，一周之内吃完为宜。

［米酒润肤乳］

在 100 毫升婴儿护肤露里加入 50 毫升的米酒，早晚当作润肤霜抹脸，无需清洗。如果是干性皮肤，可多配入护肤露或婴儿护肤油；如果是油性皮肤，则可多加些米酒。

大雪

山茶

荸荠

大雪，《月令七十二候集解》说：『至此而雪盛也。』大雪的意思是天气更冷，降雪的可能性比小雪时更大了，并不指降雪量一定很大。

大雪有三候：一候鹖鴠不鸣。鹖，多指小巧的鸟。鴠，多指水鸟。天气寒冷，听不到这些鸟儿的鸣叫了；二候虎始交。此时是阴气最盛时期，所谓盛极而衰，阳气已有所萌动，老虎开始有求偶行为；三候荔挺出。『荔挺』为兰草的一种，感到阳气的萌动而抽出新芽。

大雪日，北国风光，千鸟绝痕。生起暖炉烹老汤，晚来天欲雪，能饮一杯无？

山茶

山茶的好，在于花期的长久。从头年的十月，一直可以开到第二年的五月去，尤以一月到三月花最盛。从秋到春，有山茶花园子就不会寂寞。

上海住处的园子里种着几株山茶花。重瓣、大红，一人半高的植株上可以开出几十朵。采摘来一朵花，随手插在瓷碗、花瓶里，倒是空灵轻盈了许多。

山茶花分单瓣和重瓣。其中单瓣茶花多为原始花种，花有红、紫、白、黄以及彩色斑纹茶花。昔日雨后游苏州沧浪亭，逛到一处僻静的后花园，看到几株快有两人高的红山茶开得正繁盛，和一株根部经岁月腐蚀变成空心的古树两两相望。这里的山茶便是重瓣。钻进山茶花丛中，触碰了花枝，颤巍巍的洒下一头雨水。细看那山茶花，花瓣层层叠叠，有几分秾艳。因为挂着雨珠，又有几分清雅。隔着河水相望的可园里的山茶，却是单瓣的。几片红色花瓣，托着毛茸茸的黄色花蕊，更显绰约轻盈。

白山茶骨骼更是清雅高洁，更为我所喜。汤显祖也爱白山茶，其书斋名“玉茗堂”。玉茗，便是一种白山茶。汤显祖生前曾以此堂名梓行诗文集《玉茗堂文集》，汤显祖也因此而被后人称为“玉茗先生”。

最美的山茶，还是要去云南看。

云南僧人有诗云：“争春喜烂然，山茶按谱甲于滇，树头万朵齐吞火，残雪烧红半个天。”这是得了地利之便，看到最丰富最好品质的山茶，眼见为明，才能落得纸面呀。

第一次看最全的山茶花谱，竟不是在一本古籍中，而是在金庸的小说《天龙八部》里。书里描述段誉刚刚到曼陀山庄，看见满山庄的茶花，有心看看有什么名种。他生于皇宫，见过许多名贵品种，所以段誉觉得这里“茶花虽多，却没有什么佳品，栽种也不得法”。后来书里便罗列了“抓破美人脸”“满月”“十八学士”“风尘三侠”“二乔”等等十多种珍稀山茶品种。当年看到甚是稀奇，第一次知道原来中国人对花儿的研究这么上心。书中对这些名种茶花解释道：“抓破美人脸”，是指白瓣上有一抹绿晕，一抹红条。“满月”，是指白花中微微有些黑斑，那些黑斑，便是月中的桂枝。依照文字去勾勒花的样貌，通体也是十分素雅，不免在心中惊叹造物之奇美。“十八学士”，是指一株上共开十八朵花，朵朵颜色不同。红的就是全红，紫的便是全紫，绝无半分混杂，各有各的妙处，开时齐开，谢时齐谢。而“落第秀才”则更有趣，对比“十八学士”少了一色，偏又驳而不纯。开起来或迟或早，花朵有大有小，处处东施效颦，学那“十八学士”，却总是不像。那不是个半瓶醋的酸丁吗？因此就叫“落第秀才”。看来古人对花的嘲弄也真是嘴下不留情面，极尽刻薄之能事啊。“风尘三侠”，是指三朵异色同株。“二乔”，是一红一白的两朵异色同株。异色同株估计只是古人结合文化典故追求茶花的品种稀缺和奇异罢了。从审美角度看，一株上长出多种颜色的茶花，视觉上只会芜杂，不见得有通体一

山茶

株尽是同一种花色的茶花好。

有一日，我翻阅了一些清代茶花花谱，考证金庸笔下的山茶描写是否确凿。此时记载的山茶品种已达到八十七种。“抓破脸”“十八学士”“二乔”这些名字已经俨然在册。可见金庸的确是下过深功夫钻研过才落笔的。

山茶之名，因其叶的确可以做茶饮。花也可以泡酒，俗称茶花酒。做法功效大体与桃花酒相似，也可以将花瓣与糯米同煮，煮成山茶粥，别有一番韵味。

有年春天在苏州香雪海附近的石竹园赏石，路过一丛山茶，走过去以后忽然觉得哪里不对……白花瓣，几抹红丝，这不正是金庸在《天龙八部》里说的“抓破美人脸”吗？赶紧回头仔细观察。哎呀，果然是不俗。半透明的白色花瓣下隐隐透出红色的丝线，比寻常所见的素色山茶更加娇俏，更加我见犹怜。金庸与古人花谱中对奇花珍品的溢美之词确是诚不我欺呀。

荸荠

冬日荸荠赛雪梨，这话不为过。

来到南方才第一次见到荸荠，觉得那模样很可爱，暗褐色黑咕隆咚的小扁球，上面抓起一个揪。有紫砂手艺人还依照这模样做成茶宠，放在茶席上把玩。

每次去苏州，都要点一道菜，叫作“荷塘小炒”。食材有莲藕、鸡头米，还有一样，就是荸荠。荷塘小炒，顾名思义，三个食材都来自池塘的烂泥里。荸荠和慈姑、莲藕一起被苏州人称为“烂泥三宝”。这样一道菜端上来，我往往要拎起筷子睁大眼睛专去拣荸荠吃。因为荸荠是最甜最鲜的，甜到可媲美梨子，香气却比梨子清雅有韵味。

荸荠，又名马蹄、水栗，属单子叶莎草科。荸荠的果子，是藏在水底的烂泥中的。荸荠长在田塘里的样子有一点像水葱，根根林立。荸荠以苏州的苏荠、杭州的余杭荠、桂林的马蹄和宣州的大红袍最著名。苏州的又是葑门

荸薺

城外的车坊出产最好。荸荠略寒，可以清热生津、化湿祛痰、清热凉血。北方人管荸荠叫“江南人参”。

荸荠可蔬可果。新鲜的荸荠只有生吃才最不辜负天然的鲜美。尤其是在大雪节气前后的荸荠，剥了皮，直接丢入嘴巴，一股子甘美的汁水，带着江南荷塘的泥土气息，甘香盈口，令人难忘。从前苏州的荸荠一直卖到北京去，老北京人吃了盛赞“天津鸭梨不如苏州大荸荠”。

江南人家也会把荸荠放在筐里挂在屋檐间，慢慢变成风干荸荠。外皮有些皱巴巴，样子虽然不好看，却别有风味，这可是鲁迅先生的大爱。

荸荠还可以和其他滋阴润肺的食材一同做成好喝的糖水。最喜欢喝的便是甘蔗荸荠糖水，入口甘润鲜爽，整个胸腔都清亮亮的。

[甘蔗荸荠糖水]

甘蔗洗净切段，荸荠剥皮洗净，一起放入锅内，加足量水，大火煮开，小火煮一小时，取汁引用。

蜡梅

冬至

白菜

冬至，又名『一阳生』，是节气，也是一个传统节日。『冬至大如年』。冬至俗称『数九』『冬节』『长至节』『亚岁』。早在二千五百多年前的春秋时代，中国就已经用土圭观测太阳，测定出了冬至。

冬至三候：一候蚯蚓结。传说中阴曲阳伸的蚯蚓，仍然能感受到自然界的强盛阴气，在土地中蜷缩着身体；二候麋角解。属阴的水泽之兽麋，感阴气渐退而解角；三候水泉动。深埋于地底之水泉，由于阳气初生，可以流动并且温热。

冬至日，昼至短，夜至长。九九消寒图初展，三两围坐，蘸胭脂，点梅瓣。亭前垂柳珍重待春风。

蜡梅

大概是因为自己生在腊月吧，我对在腊月盛开的蜡梅有一种特别的感情。

小区园子里有几株蜡梅，每年冬至光景，便会如约盛开。半透明的黄色花瓣，噙着早晨的露水含苞欲放，好像蜡油捏就，也似蜜蜡雕成，深深远远散发阵阵寒香。黄色的花苞，则像一个个半握的小拳头，挂在枝头，模样甚是可爱。

采来一枝，稍事修剪，插在花瓶里，置于卧室飘窗前的茶几上，顿时满室蜡梅花香。清丽寒客，伴我书画。

适逢江南十年一遇的大雪，入夜，一个人披上风雪帽走进漫天风雪中，踏雪寻梅。那几丛蜡梅树果然不负赶来的看花人，花朵托起晶莹剔透的冰渣，比平常出落得精神。花枝上也站着一排雪，在雪的衬托下，蜡梅香气格外沁人心脾，那缃黄色的一团梅霞焕发的生机也格外令人感动。

插蜡梅，我喜欢用素色的花瓶。梅瓶、天球瓶、玉壶春瓶都好。材质上，仿汝瓷的天青色、龙泉窑的淡青色，或者朴素的黑色粉引陶土花瓶皆佳。

蜡梅与梅花相似，讲究横瘦疏斜之美。只可惜现在花市里买来的蜡梅花，大多是对生枝的。花商为了运输方便，往往把疏影横斜的最美枝干剪去了。这逼得我时常在月黑风高之夜，携一把花剪，去小区的那几树蜡梅前去剪自然生长中的最有生气的梅枝来。往往一树蜡梅也只能选出一两枝。无论采花还是插花，都是一个取舍的过程。“触目横斜千万朵，赏心只有两三枝。”

兴致一起，拍了几张蜡梅远远近近的花枝图片，发到朋友圈里。才没多久，友人就发来了几幅刚画好的字画。几枝看似随意的浅墨勾勒的花枝上，点缀着几点朴拙可爱的墨紫色的小花朵——正是我刚刚拍下的蜡梅。才转眼工夫，就落得纸面，入了友人的画了。“看你拍的蜡梅构图很好，就展纸试了一下。”我也按捺不住，拿起画笔展开宣纸，就着竹灯暗淡的光画起来。画好后，发现同样的一株蜡梅，在友人和我的笔下迥然两种风格。友人笔下的蜡梅稚朴洒脱，我笔下的梅细腻娟秀，真是“画如其人”。

看过许多风景，难忘的蜡梅，有几处。一是南京紫金山灵谷寺念佛堂前的一株蜡梅。许是有了年头，高高大大开成一片。高过殿堂屋檐，荫及半个庭院，暗香浮动。一是在西塘的一座庭院里，开满一树黄花的蜡梅树衬着黄色的墙。深深浅浅远远近近的黄彼此相衬，飘洒几粒花瓣，坐在庭院的门前，远远望着，良辰美景，赏心乐事。苏州的艺圃中也有一株蜡梅。已是元月，依然开在僻静的小庭院的角落。庭院三面皆是青砖墙，空无一物，这蜡梅便显得格外孤寂，孤寂中又有种难得的自在。

蜡梅，又称腊梅、黄梅花。名为梅花，其实跟梅花并不同科。蜡梅属蜡梅科蜡梅属，梅花则属于蔷薇科。李时珍在《本草纲目》中说：“蜡梅，释名黄梅花，此物非梅类，因其与梅同时，香又相近，色似蜜蜡，故得此名。”清初《花镜》中补充：“色似蜜蜡，且腊月开放，故有其名。”所以很多地方又写成腊梅。

后世形成蜡梅和腊梅的两种写法，也是有其历史背景的。在古代，十二月的一种祭祀就被称为“蜡”。十二月处于岁暮，为举行大祭祀之月，所以农历十二月就叫蜡月。蜡字系周代所用，秦代改用腊字，“蜡”字可和“腊”字通用。而蜡梅的最后得名，也有传说和苏东坡有关。说苏东坡和黄山谷一起赏黄梅花，看见黄梅花的形态和色泽颇似蜜蜡，于是给它命名为“蜡梅”。还说它“香气似梅，类女工捻蜡所成，因谓蜡梅”。

蜡梅可以窨茶。花不拘品种，选饱满的含苞欲放的花苞为好。茶，也可随自己的喜好。乌龙、普洱、白茶皆妙。取一只罐子，一层茶一层花慢慢铺就，直至铺满，这样存放几天，再把蜡梅挑出来，把茶叶放入微波炉烘一下即可。

蜡梅可以入馔，这还是在《本草纲目》中看到的：“蜡梅花味甘、微苦、采花炸熟，水浸淘净，油盐调食。”蜡梅花煎水给婴儿饮服，还有清热解毒的功效。

画中蜡梅，印象最深的是宋徽宗的《蜡梅山禽图》。画中的蜡梅、白头鸟等腊冬季节的动植物，渲染出在寒冬中依然保持活力的花草鸟兽的生命力和坚强。

汪曾祺儿时会采来蜡梅的花骨朵儿，用铜丝穿成蜡梅珠花，当中嵌几颗朱红的天竺果儿，煞是好看。他把蜡梅珠花送给祖母、伯母、继母，她们插在鬓上，互相拜年。

我没有做过蜡梅珠花，却在为一件靛蓝染旗袍配珠花时，用旧的五颗熟黄色的蜜蜡小珠穿成了一颗小小蜡梅花，缝在旗袍领口当中的位置上，倒是别有风情。

蠟梅

白菜

如今想来极不可思议，从前的北方，整个冬季几乎靠一种蔬菜过冬，那便是白菜。

每到秋天，大人和孩子都会放“秋假”。这个秋假并不是为“迎接秋天”，而是为了给大家时间把一棵棵白菜请进自家的菜窖，为一冬的蔬食做贮藏准备。每年到了这个光景，场面尤为壮观。家家户户门前停着卡车，拉来一车车的白菜。如今的孩子听了该多稀罕，买个菜居然要用卡车？那时一家人不分大小都要忙着搬白菜，你来递我来接，仅仅是一户人家一冬要吃的白菜，差不多要几百斤之多。

那个年代，东北人家无论住楼房还是住平房，家家户户都有一个菜窖。菜窖是人们一锹一锹挖出的一个足足一人高的地洞，用来储存白菜和其他过冬食物。这里冬暖夏凉，可以保证白菜不会被 -30℃的低温冻伤。那时父亲每年就一次一次下到菜窖里，把白菜一颗一颗码齐，等到吃的时候，便取上来一棵。

白菜

小时候会帮大人处理刚出窖的白菜。一棵一棵厚重粗大的老叶子掰掉，便露出嫩绿清脆的叶子，再继续掰开，露出嫩黄。娇嫩的满是褶皱的叶片拳拳相握，像一朵含苞待放的花朵。这一段，就是白菜最好吃的部分。

白菜外形是好看的，不然一棵翠玉白菜，为何便成了台北故宫的镇馆之宝。在台北故宫参观时，细看了那棵翠玉白菜。莹白为帮，翠绿为叶，雕工甚是细腻，又有小虫二只，极尽细腻之能事，真是美貌。

大概是怕一整个冬天会吃腻烦，所以关于白菜的烹饪花样，祖辈们也就总是有花不完的心思。除了日常的醋溜白菜、白菜豆腐汤、白菜猪肉饺子等等，还可压上石头放入缸里，做成酸鲜可口的酸菜。继而发展出更多以酸菜为主要食材的花样儿：氽白肉、酸菜血肠火锅、炒酸菜、酸菜饺子……还可以学朝鲜族人，制成爽口鲜辣的辣白菜。

如今隔着二十年的岁月和南北地域的距离，回忆起当年因为物资匮乏、运输条件和种植技术的落后，祖辈和父辈人为了过冬而生出的智慧，恍如隔世，却也倍感稀奇。

白菜属十字花科芸薹属，北方人通常所指的白菜，都是大白菜。大白菜，在西方又称“北京品种白菜”，在粤语里则叫绍菜。黄色菜叶为主的品种又称黄芽菜。清光绪年间的《津门纪略》中记载“黄芽白菜，胜于江南冬笋者，以其百吃不厌也”，所以黄芽白菜又有“北笋”的美名。中医认为白菜具有养胃生津、除烦解渴等功能。冬天天气干燥，多吃白菜，可以滋阴润燥。

故乡的酸菜好吃。身在江南，时常想念得紧那一口鲜美的酸味，入得肠胃，格外熨帖。倘若是未特殊加工的白菜，在诸多烹饪方法中，倒是觉得直接把黄芽白菜涮在火锅里吃最好吃，可以吃到白菜原本的丝丝甜味和韵味。吃老北京涮羊肉，通常就点羊肉和白菜，一个荤食至鲜，一个蔬菜至鲜，足矣。

松

小寒

佛手

小寒，一年中最寒冷的日子。俗话说『小寒胜大寒』，按节气来讲『三九寒冬』正是在小寒时节。在冬季的最后一关，也是最宜长养阳气的时候。小寒期间最容易感到阴邪气盛，天气总是雾霭沉沉，而此时蛰伏在自然界的生命活力已经开始酝酿。

小寒有三候：一候雁北乡。虽然是冰天雪地，但是阳气已动，因此候鸟大雁感阳出现向北飞的迹象；二候鹊始巢。禽鸟是最早得知气候变化的。此时的喜鹊已得来年之气，开始衔草筑巢，准备孕育后代；三候雉始鸲。羽毛漂亮的雉鸟也被称为『阳鸟』。它们在接近四九时会感阳气的萌动而雌雄同鸣。

小寒日，数九寒冬，至此盛。苍松翠柏迎霜雪。推开小园，忽闻蜡梅幽芳。人静藏。寒夜听琴何为伴？一盘佛手一枝梅，一柱奇楠香。

松

儿时老家老房子背后，有一座小山。山上不同的高度，生长着不同的植被。山坡上，是附近人家种的豆类、茄子和野草花。再往高处走，便是一片白桦与白杨林。再走到山顶，唯有苍翠的松林。

春夏，山上的风景被白桦林与野花草抢了风头，鸟语花香，绿草成茵。冬季，当田地山野被雪掩埋，白桦林与白杨林叶子脱落，一片白茫茫的寂静后，只有松林，依然苍翠如初。

走进松树林，会有阳光透过头顶的绿荫洒下来，洒在被松针厚厚铺就的软绵绵的地毯上。时而可以捡到从树上掉下来的松塔，闭上眼睛，便可以听到风吹过松林传来的如海浪般的涛声，亦传来阵阵松林特有的潮湿的香风。故乡的山上有一座亭子，便命名为“松涛亭”。

听林区的伐木工人说，松树被放倒后，会从树上流出松油。从前东北人家就是用松油来点火，在我们那里俗称“明子”。小时候的记忆中对“松油”是有模模糊糊的印象的，有着浓烈的香气，在阳光下闪着灼目的橙黄色光华。

这样的松油经过在地底的蜕变，便成了琥珀。

如今，人们再也不舍得用松油来点火了。丁酉年春节回到白山市，表姐带我去了一座花鸟文玩市场。那里处处可以看到用大块的松木依据树木的长势雕刻成的茶几、茶海，木头的颜色鲜亮橙黄，散发阵阵松香，美其名曰为“琥珀木”，价格不菲。我好奇，用手去触摸了一下，结果摸到一手亮晶晶的松油。身为一个依着松林长大的孩子，也觉得稀奇得紧。

中国文人赋予松更丰富的精神含义和观赏价值。《小窗幽记》中说：“古人特爱松风，庭院皆植种，每闻其响，欣然往其下，曰：此可浣尽十年尘胃。”《红楼梦》中贾宝玉称赞岳武穆坟前的松树，就是堂堂正大之气，千古不磨之物。在庭院中种植的品种，多是罗汉松、油松和白皮松。在树桩盆景中广泛使用的是五针松。

苍松翠柏扎根于山谷，此间若有明月来相照，这般意境最为清雅隐逸。想起王维的“明月松间照，清泉石上流”，苏轼的“明月夜，短松岗”。一个清幽，一个苍凉，各有意韵。

最美不过黄山松。黄山素来以“奇松、怪石、云海、温泉”四绝著称。清弘仁游遍黄山，作《黄山图册》六十开。画中老树虬松，万壑千崖，山如断骨，树如簪，颇得黄山松之性情。与弘仁同列为黄山画派的梅清，作有一副《文殊台图轴》。松涛云海层层叠叠漫溢而出，气象非凡。

而历代画松者，最爱赵孟頫与倪瓒。赵孟頫的《双松平远图》，倪瓒的《幽涧寒松图》中的松颇为秀挺飘逸，立在远山前，江水边，烟波浩渺间，甚是清雅。画亦有大片留白，有着文人画特有的空灵、含蓄的精神令人回味无穷。

松樹

“松下问童子，言师采药去。” 文人多以松树体现隐逸于山水高士的品格。唐寅的《松荫高士图》、石涛的《松下高士图》、溥儒的《松阁高逸图》、张大千的《松下抚琴图》，每位大家不吝笔墨描绘的气宇轩昂的高士与苍翠遒劲的松树的图卷，各有风格。

中国文人画里的松是有精气神的。“枝如游龙，叶如翔凤。”我曾经学过一堂山水画课。画松叶，需要一笔笔地细细勾勒，犹如展开的凤羽。而枝干，则是“皮老苍藓”，需画出或青龙探海，或扶摇直上的气势来。

佛手

小寒时节，案上的岁朝清供之物，最为禅静清香者，莫过于佛手。

今年早早地买来几只，有一只尤美，状如佛菩萨禅坐时的手掌，形如兰花，半开半合。放在案头的青花瓷罐旁，到了夜晚人静时，一种属于芸香科植物的淡淡清香便充盈整个书房，甚为清幽，使人安宁。

佛手为芸香科柑橘属香橼种植物，又名佛手柑、五指橘、五指香橼等等。《本草纲目》中说，香橼即是佛手柑，这种说法已经与当下的习惯不符。佛手如今更多被视为香橼的一个变种，是人工多年选育的结果。呈现佛手的形态者为佛手，而香橼却形似梨子。佛手的香气也比香橼浓，久置会更加芳香。

在赏玩层面，其一，佛手可观其形。佛手的形态各异，这便是它观赏的最有趣味之处。犹如佛的手势，有微张、有微合、有展开、有深握、有肥腴、有清瘦，各具美态。行家里手把这些不同姿态的佛手也命以不同的名字。手指微张的，称开佛手。闭合如拳的称闭佛手、拳佛手等等。大自然创造出来如此惟妙惟肖的如佛之手般的观赏奇物，令多少工画师也自愧弗如，细想起来不免感慨造物的奇妙。

佛手

其二，是闻其香。芸香科柑橘属的橙、柑之类，有种特别提神的气味，中国人对此很迷恋。于是宋以来，文人雅士们开始风行除焚香、香花之类以外的摆果闻香。明清尤盛，地位差点取代了焚香。宋代起初是往床帐里放置香橼这类柑橘属的果子，后来则是盛在盘子中闻香。《长物志》中说香橼这类果子“香气馥烈，吴人最尚以磁盆盛供”。对此明代的高濂研究得更细腻，在《遵生八笺》里罗列了各种适合置果的大盘：“香橼出时，山斋最要一事，得官哥二窑大盘，或青东磁龙泉盘、古铜青绿旧盘、宣德暗花白盘、苏麻尼青盘、朱砂红盘、青花盘、白盘数种，以大为妙，每盆置橼廿四头，或十二三者，方足香味，满室清芬。”《红楼梦》里写探春的秋爽斋，紫檀架上放的大观窑的大盘，盘内盛着的也是几十个娇黄玲珑大佛手。

这里写的盘中香橼及佛手数目之多，便是古人为闻够那香气考量了。倘若只为观赏，我倒和文震亨观念一致：“以大盆置二三十，尤俗。不如觅旧朱雕茶橐，架一头以供清玩，或得旧瓷盆长样者，置二头于几案间。”一个简简单单的有岁月痕迹的旧盘子，仅放上一两枚，就足够禅静古雅。

佛手也可以药用，有理气化痰、舒肝健脾等功效。药用佛手因为产区不同而名称有别。产自浙江兰溪的称兰佛手，产自福建的称闽佛手，产自广东和广西的称广佛手，产自四川的称川佛手，产自云南的称云佛手。广东人擅长用佛手来做凉果，以甘草、薄荷和佛手制成，味道甘润清凉，是润喉的凉果三宝之一。我因好奇买来吃，却因为太凉而觉得身体耐受不得。广东暑气盛，因此当地人多饮凉茶。一方水土养一方人，饮食之于地域气候的差异不可违背。

小小的佛手晒干了，移到冬日的茶席间赏玩，颇得四时雅趣。如此的佛手更有枯寂之美，指尖也更为纤细，大小刚好可以直接拿来做茶拨，不失为一种巧用。

水仙

大寒

冻梨

大寒，为二十四节气之末。过了大寒，将迎来新一年的节气轮回。『大寒为中者，上形于小寒，故谓之大……寒气之逆极，故谓大寒。』大寒冷到头，日后天渐暖，新的一轮五运六气也开始了。

大寒三候：一候鸡乳。大寒以后阳气上升明显，母鸡就可以开始孵小鸡了；二候征鸟厉疾。大寒时节鹰隼之类的征鸟，正处于捕食能力极强的状态中，盘旋于空中寻捕食物，以补充身体的能量抵御严寒；三候水泽腹坚。气温降至最低，北方水域中的冰一直冻到水中央，冰层也达到最厚。

大寒日，一年至此还。岁朝清供，照波水仙。风雪连夜游子归，一家围坐团圆饭。打尾牙，祭灶神，除旧布新，总把新桃换旧符，爆竹声中一岁除。展望来年。

水仙

丁酉年春节回东北老家过年。临走前一周，买了几颗水仙，用刀划好，养在水盂里。几天后，水仙长出细韭一样的嫩芽，我们便启程回乡。一路上想起水仙无人照料，不免有些挂念。

除夕那天，电话问还在家中与公公婆婆过年的先生，水仙开了没？答：没有。后来先生也赶到北方与我们团聚，大约又是一周的时间，我们举家深夜赶回上海的家中。一开门，便闻到满室清雅的芳香，正是落地窗前树下的橡木圆几上，水仙花儿开了——才开出两三朵，许是不早不晚，就赶在我们归来这一天开的，好像是在欢迎我们回家呢。久违的厅堂一片宁静温馨的气氛，真是让人心生欢喜。

那一刻真的疑心草木有情了。黄岳渊、黄德邻在《花经》中说："水仙腊蕊素瓣，冷艳幽香；于岁暮天寒，花事岑寂之际；盛以磁钵，满贮清水，下佐文石；供诸明窗之前，净几之上；芬芳扑鼻，清致入画；备此一丛，点缀岁朝，大为生色也。"

水仙

水仙，石蒜科草本植物。中原原本是没有水仙的，原种疑是唐代从欧洲引进来的。因为鳞茎生得颇像洋葱、大蒜，所以古称“雅蒜”，宋代称为“天葱”。不过水仙鳞茎的液汁是有小毒的。

中国人把水仙、兰花、菊花、菖蒲并列为花中“四雅”；又把水仙与梅花、茶花、迎春花并列为雪中“四友”。水仙有几好。一是开在旧历新年前后，格外讨喜；二是易养活，植在水盆中，不必太多照顾，总是不辜负你的期望，凌波开出素白的花儿；三是花香透彻心骨。这使得水仙成为“岁朝清供”的年花。靠水仙来为满室带来春意盎然、祥瑞温馨的景象，是极靠谱的选择。

许多人植水仙前会用刀切割花球，每年临近春节，便是家家户户动刀时。我是懒人，也不忍心对着花球动刀子，从来只是直接丢进水盆里，一年一年倒也开得繁盛。雕刻水仙是有专门的刀具的，步骤也颇繁复。需要剥掉褐色鳞茎皮，刻开叶苞片，洗净黏液，这些步骤是为了让水仙长得更好。不过后来请教懂花的朋友，养水仙也不见得一定需要切割，有些雕刻水仙纯粹是为了造型。水仙之美，正是在于“凌波仙子生尘袜，水上轻盈步微月”的亭亭净植的姿态，那些雕刻水仙在我看来反而不得要领了。

冻梨

相隔十五年的岁月，再回故乡，格外宽慰的事便是吃到了在南方一直苦思的故乡美食。其中有一个黑咕隆咚不起眼的东西，便是“冻梨”。

儿时记忆中北方蔬果是极其匮乏的。那时运输、贮藏条件有限，到了冰天雪地的寒冬腊月，北方的农田山野便被厚厚的积雪覆盖，成为不毛之地。然而即便如此，东北人不但没有因此亏嘴，反而得天独厚地吃到了冰天雪地里特有的美味——冻柿子和冻梨。

冻梨，其实是东北的一种圆头圆脑的梨子，多为花盖梨和秋白梨。皮呈浅绿色，味道酸酸的，未冻起来时也极好吃。北方的冬季连冰箱都是多余，打开窗子，窗外便是一个天然的大冰箱。冻梨，便是大自然四季更迭的杰作。待到冬天，家家户户会把一筐梨子和柿子放到阳台上冻着，只要一晚上，梨子身上便结了冰碴，颜色也变得通身乌黑。想吃冻梨了，就拣几只回来，泡在水盆里。这时候冻梨的周围便会结出一圈晶莹剔透的冰壳儿，捏碎冰壳儿，梨子已变得周身软绵绵的，像一个黑色的海绵球，样子丑丑的。这丑丑的外

凍梨

表下面，却是难得的美味。小时候，最喜欢小心地咬破一个口儿，轻轻地吸吮，吸出一大口梨子充沛浓醇的酸甜汁水来。经过冰冻后梨子的汁水格外鲜甜爽口，真是令人满足。

这种味道，也是记忆中的北方冬天童年的味道，沉淀进心里，化为淡淡乡愁。

参考书籍：

文震亨．长物志．杭州：浙江人民美术出版社，2016.

沈复．浮生六记．扬州：广陵书社，2006.

汪曾祺．人间草木．北京：现代出版社，2016.

郑逸梅．花果小品．北京：中华书局，2016.

袁枚．随园食单．南京：凤凰出版社，2006.

李时珍．本草纲目．北京：华夏出版社，2011.

嵇含．南方草木状．广州：广东科技出版社，2009.

曹雪芹．红楼梦．北京：中华书局，2012.

殷登国．中国的花神与节气．天津：百花文艺出版社，2008.

詹刚主编．跟着时令吃吃吃．苏州：古吴轩出版社，2014.

黄岳渊，黄德邻．花经．北京：新星出版社，2018.